张炜中篇系列

# 你好！
# 本林同志

张 炜 / 著

人民文学出版社

图书在版编目（CIP）数据

你好！本林同志 / 张炜著. —北京：人民文学出版社，2018
（张炜中篇系列）
ISBN 978-7-02-014611-6

Ⅰ.①你… Ⅱ.①张… Ⅲ.①中篇小说—小说集—中国—当代 Ⅳ.① I247.5

中国版本图书馆 CIP 数据核字（2018）第 225132 号

| 责任编辑 | 李　磊 |
| --- | --- |
| 装帧设计 | 崔欣晔 |
| 责任校对 | 王　璐 |
| 责任印制 | 徐　冉 |

| 出版发行 | 人民文学出版社 |
| --- | --- |
| 社　　址 | 北京市朝内大街 166 号 |
| 邮政编码 | 100705 |
| 网　　址 | http://www.rw-cn.com |
| 印　　刷 | 中煤（北京）印务有限公司 |
| 经　　销 | 全国新华书店等 |
| 字　　数 | 74 千字 |
| 开　　本 | 880 毫米 ×1230 毫米　1/32 |
| 印　　张 | 5.625　插页 2 |
| 印　　数 | 1—5000 |
| 版　　次 | 2019 年 1 月北京第 1 版 |
| 印　　次 | 2019 年 1 月第 1 次印刷 |
| 书　　号 | 978-7-02-014611-6 |
| 定　　价 | 36.00 元 |

如有印装质量问题，请与本社图书销售中心调换。电话：010-65233595

**张 炜**

当代作家。山东省栖霞市人,1956年出生于龙口市。1975年开始发表作品。

2014年出版《张炜文集》48卷。作品译为英、日、法、韩、德、塞、西、瑞典、俄、阿、土等多种文字。

著有长篇小说《古船》《九月寓言》《刺猬歌》《你在高原》《独药师》《艾约堡秘史》等21部,创作有中篇小说《蘑菇七种》《秋天的思索》等若干。

# 目 录

你好！本林同志 ___ 1

附：
半岛文化的奇特 ___ 148

# 你好！本林同志

一

有一种鱼会跳。它们好像在同一声命令里跳跃起来，在空中画一道短短的弧线，再落进水里去。这些鱼都很小，长如拇指，而且颜色和荡漾的河水差不多，所以要发现它们也很难。李本林在水里扎猛子，一抬头，就看见了它们在跳。

他先是惊诧地望着，然后就大笑起来。他想起了野地里的蝗虫，人走在田野上，不就有一群群的小东西在你前头跳动吗？有好长时间，他故意在河面上寻找这种跳鱼了。他后悔过去那么粗心，竟然就没有看到！

天近正午，河水十分温和。李本林仰着身子，懒洋洋地用手打着水，闭上了眼睛。他在想怎样逮到这些鱼——用网是不行的，而且他也没有网；如果有一个硕口儿篓斗放在水里，它们跳起时碰巧也会落进去吧？落进一次就行了，他不要多！本林想到这儿高兴起来。但一转念，又有些丧气：生活中哪有这么多便宜事，就是有，也不一定会落到我本林头上。他想如果把人比作河水里的篓斗，那么自己就是那只最背运的破篓斗了，没有底儿，豁了沿儿，永远也跳不进一条鱼的……他双脚轻轻地蹬水，身子滑溜溜地在水里穿行。

这儿是芦青河入海口。当年的河水在海边的沙滩上旋了几个圈儿才流进海里，给海边留下一个椭圆形的"小湖"。这片平展展的水面没有波纹，像一块镜子。水底也是平的，全是细白的沙粒儿。夏天的河口，太阳蒸腾起一片薄薄的水汽，看去那芦苇、那树林，都仿佛变得遥远了、神秘了。海鸥在那一边，在海的浪印上飞旋着，只偶尔光顾一下这个小湖。淡水野鸭却总是厮守在这里，它们不叫也不闹，很少飞起，成群结队地在沙岸上踯躅。浅水处的芦苇浓绿无边，一直延伸下去、延伸下去……本林对这里是熟极了的，他知道芦苇的那一边是一片白色的茶花，茶花的那一边，就紧连着一片灌木林了。他曾在那灌木林里砍过柴，并且记得林子里有一味中药：地丁。

他在水里游累了，就将脸侧歪在水面上，看着远处那一片林木遐想了……水在微风里轻轻抖着，阳光从水面上折回来，老要耀他的眼睛。他已经在这河口上洗了多半天，洗得身上又疲乏、又惬意。有时连他自己也说不清到底为什么要恋着这片水，他常常走着走着，就来到了满是柳树和芦苇的河边上了。这倒真是个好地方，凉爽，清静，又安全得很——河水只达到他的腰部、胸部，这对于他这个矮个子、水性又不怎么好的人来说，是再合适也没有的了……他出生在离河口不远的一个村子里，前些年却很少得空儿来河湾里好好玩一玩。就像出于恶意的报复似的，土地承包下来之后，空闲多了，他就半天半天地泡在水里。他要好好玩一玩了。他两条腿在水中频频地蹬踏，有时还不无滑稽地将一只脚从水中高高翘起，使人很难相信他是四十多岁的人了。

不远处的海岸上一直吵吵嚷嚷的。

船在海里撒了网摇上来，人们动手拔网的时候，就发出这种喊叫声。李本林只要听听那声音，就知道上船了、拔网了、逮到大鱼了！鱼是各种各样的，生了黄花的，长了黑斑的，光溜溜的，刺糙糙的……什么怪东西都有。它们一上了岸就用惊奇的、凶狠的眼睛看着这些土地上过活的人，看他们快活的、贪婪的眼神。人群里有男人，也有女人。有的女人并不忌讳光屁股的男人，只知道嚷："嗬呀！嗬呀！好大家伙呀！"——她们在喊那条乱窜乱蹦的鱼，声音腔调和打鱼的男子没有什么两样。她们是鱼贩子。还有好多鱼贩子，就停在离渔网稍远一点的鱼铺子那儿向这边张望。这都是些男人，是更有经验的鱼贩子。他们就在那儿吸着烟，开着玩笑，只等那些鱼从网中抖出、移到一个水泥平场上时，才毅然地抛了烟卷，瞪起眼睛凑过去。

李本林很少到海边上去，他宁可一个人寂寥地待在河口这片平平的水湾里，听号子声、叫骂声、讨价还价声，以及大海那哗哗的波涛声。他记得往年的海是寂寥的，没有那么多渔船，也没有一个鱼贩子！海岸上一下子聚集了这么多胆大、勇猛的捕鱼人和买卖人，他多少有些惊诧。

就这样，他安静地躺在水里，让太阳晒那有些圆的肚子。他不想海了，海边的喧嚷仿佛也就退远了。他从水中站直身子时，碰巧踩到了一条小扁鱼。这启迪了他的灵感，他就高高地抬起腿在水中走了一会儿，踩到了一串小鱼。他看看阳光，觉得时光不早了，应该回家了——那个全村最丑陋的草屋就是他的家。

小草屋卧在一排排的瓦房中间，显得特别矮小，就像它的主人站在人群里一样。草屋里现在静静地坐着他的老婆大云和内弟小进。他们总要等本林回去才开饭的。这样有个好处：本林在田野上游荡一天，往往不会空手而归。他衣兜里或者装些花生，或者装些野枣……这些东西掏到饭桌上，也就组成当日饭食之一部分了。而今本林手里已牢牢地攥住了一串小鱼，这就使他心里有一种说不出的欣喜。

他迅速拧干半长的黑裤，踏上岸来。

他沿着芦苇掩映的小路向前走去。芦叶儿在风中抖着，老刺他的脸，使他不时要停下来。海边的喧嚷声似乎盛于往日，他终于忍不住站在小路上向那边张望。到后来，他竟起意要到海边上走一走，再从海边那儿绕道回家……海滩上的沙子硌着他的脚，尽管他的脚掌上布满了老茧，也还是感到了疼痛。

人群分成几簇站着——这表明那里有几盘刚刚拔上来的网。本林笑嘻嘻的，将自己的一串小鱼在背后藏了，瞪着眼看那些不属于自己的大鱼。他从这一簇走到那一簇里，一路看下去。人群里也有认识他的，可由于注意力都在鱼上，并没有和他打招呼。他也不想和他们说什么，他知道他们一开口，就有些嘲弄或讥讽的意味，好像世界上只有他们才是最聪明的……有一个细高个子的人迎面走过来。李本林开始不在意，后来定神瞧了瞧，立刻呆呆地站住了。

他的两手不由自主地扭紧了半长黑裤，嘴巴张开老大，怔怔地望着越走越近的这个人。

这个人离他只有十几步远了,他在嗓子眼里咕哝了一声什么,撒开腿就跑走了……


## 二

在村头上,本林突然听到了一阵琴声。他立刻停住脚步,异常惊喜地侧着耳朵细听起来。哎呀,那是坠琴的声音!没有错,那么说是孙玉峰在拉琴了!

本林自己也没法准确地描绘出他和孙玉峰的友谊。

那种友谊真是太久了,太深了。他几乎老和孙玉峰在一起玩,有时半夜了还不回家,老婆大云就跟他骂起架来。本林向来畏惧身材高大的大云,她骂起来时,他毫不反抗,有时还略带腼腆地坐在一边倾听。可是友谊又往往给人以勇气,本林见大云有时竟连孙玉峰也一块儿骂了,就愤愤不平地站起来,拍着胸脯说:"我怕谁?!"当大云迎上一步时,他又紧接着喊一句:"谁怕我?!"……由于孙玉峰的坠琴拉得太好,终于不能够在村里安下身子,最后被海滨一个农场的宣传队招去了。

从那以后,本林也就很少见到老朋友了。

坠琴拉得人心里痒挠挠的。本林明白这个家伙拉琴就是这样,把琴拉得那个"浪",简直是听死了年轻人不偿命!……他嘻嘻地笑起来,脸庞兴奋地随着飘来的琴声转动起来。

琴声在南风里响着。那边的孙玉峰哪知道此刻的村头上,他的老朋友正虔诚地欣赏着,完全地陶醉了。

本林站在那儿,由于兴奋,两腿老要活动,光着的左右脚轮换地抬起来,去摩擦另一只的脚背。他长得矮,虽然腹部莫名其妙地有些胖,却还是显得十分敏捷。他的眉眼、脸庞,全显得不像四十多岁的样子。他的皮肤怎么晒也不黑,只是有些黄;他的头发也有些黄。此刻他笑着,一直露着洁白的牙齿。额头上,折起了三两道深深的横皱,其余全无深皱。如果他一直在这琴声里笑着,他就永远像个年轻人。

又听了一会儿,他迎着琴声大步地跑去了。

一棵又矮又粗的梧桐树下,果然有个人在拉琴。

也许是人们都在吃午饭吧,他身边一个听琴的也没有。拉琴的人也四十多岁,一只眼睛稍微斜一点,样子显得有些过分严厉。他握着琴弓,像握住了一根沉重的铅条,拖出来,再拖出来,手腕上的筋脉都暴起老高。在琴杆(这琴杆竟是又粗又长,像个小镢柄)上活动的另一只手倒灵巧极了,它的指尖扣在弦上,飞快地跑。它跑一次,他的头就深深地低下来一次,像要细细地品味从弦上和琴筒里飞出的旋律。

本林站在他跟前了,他只顾拉着琴。

"孙玉峰啊!"本林大喊了一声。

孙玉峰慢慢地收了弓。他翻了翻眼皮,看清了是李本林,忙站起来,握住了他的手。

本林知道他本来不会握手的。他这一招肯定是从农场里学来的。对此本林稍存异议:你怎么也握起手来了哩?你也是跟人握手的人吗?本林从来都把握手看成干部们的事,人家似笑不笑,手在制服袖口上伸平,然后除去拇指以外的四根手指向下一弯,停住了,停着等人去握呢!你?你也学会握手了……本林心里虽然这样想,但最终还是愉快而熟练地握住了老朋友的手,用力地耸动着。他好久没有这样握手了。握手,曾给他好多愉快的想象。

"我在村头就听出来了,再远也听得出,嘿嘿!"

"王八场长!"孙玉峰骂道。

"你拉琴另一股味儿,一点不错,嘿嘿!"

孙玉峰从身后摸出一个鲜艳的太阳帽戴了,又骂一句:

"王八场长!"

本林有些惊讶地盯住了这顶帽子。他的注意力全在这顶帽子上了,并没有在意对方骂着什么,骂着谁。

孙玉峰见他没有回应,就推他一把说:"你听不见吗?——王八场长!"

本林点点头。

"我跟那家伙干架了。我再不去农场了,这回行李也背回来了!"孙玉峰说。

"嗯?不去了?"本林刚听明白,大吃了一惊。

"这家伙老挑我毛病。他懂个狗,排戏也要插一手,老嚷:'紧拉慢唱,紧拉慢唱!'气不气死个人。我……"

"就为这个干架么？"

"倒也不为这个……他嫌我老是直眼瞅着女演员——他妈的我不盯住她的口形，能配得上腔调吗？"孙玉峰恼恨万分地拍打着膝盖。

本林抬起头来，眼望着北方那林木的梢头，狠狠地骂道："王八场长！"

孙玉峰眨动着有些歪斜的眼睛，幸灾乐祸地说："我一高兴，拍拍裤子，背上琴就回来了！他们排戏可抓了瞎。让他们去想念这把坠琴吧。咱可不怕，咱如今做什么不行？贩鱼、养蜜蜂、开油坊、打草窝（草窝，一种软底草鞋，也叫'蒲窝'）……做什么不行？"他说到这里站了起来，提高嗓门喊道："现在不是过去了。我还不稀罕那点儿工资呢。咱干什么不行？咱干什么不发财？！"

本林在他的喊声里，觉得心窝一阵躁热，血慢慢涌上头来。他禁不住也高声地喊起来："咱干什么不行？咱干什么不发财？！"

孙玉峰喊过之后坐下了。他把坠琴慢慢装进一个黑布套里，然后默默地不吱声了。

本林激动过以后，慢慢也平静了。他首先想到贩鱼，耳边立刻又想起海岸那喧嚷声，眼前好像又出现了鱼贩子们那睁大了的眼睛，不由得吸了一口凉气……他觉得贩鱼似乎是不行的。

梧桐树上的知了叫起来。微微的南风这会儿也停了。这似乎是一天里最闷热的时候，他们呼吸起来，觉得热气就堵在了鼻孔上，像棉团一样……他们都坐在树下的一块青石上，一动不动，脚边上，放着装了琴的布口袋。

正在两人沉默的时候，一个高大的女人叫骂着，在街口上出现了。她疾疾地走来，一边用手比画着威胁本林。

本林慌促地站起来，微笑着，向她举起了那串小鱼……

三

如果本林在海滩上没有看错的话，那么那个细高个子就是卢达了。

卢达几年前还是这儿的公社书记,约两年前考入了一所师范学院的"干部大专班"。他还没有毕业。提起他来,人们还是喊他"卢书记",几乎全都忽视了他如今是一位大学生这一事实。他修长挺拔的身量、庄重的面容和总是有分量、有分寸的谈吐,在人们脑子里难以和"学生"两个字连在一起。虽然芦青河边的人和其他地方的人一样尊崇着"大学生",以上大学为荣耀,但觉得卢书记做了"大学生",这或多或少对他有点侮辱的意味吧!……当本林突然发现卢书记在这海边上溜达时,深深地吃了一惊。他不明白这个人怎么就到海边上来了,以至于跑开老远,心里还在怀疑:我没有看错吗?

他没有看错,那细高个子正是卢达。

卢达有意地避开了人多的地方,一个人走着。他在这片土地上工作了十年,这儿的人几乎没有不认识他的。他先是在这儿做团委书记,后来做公社书记,把家也安在了这片土地上。他在校园里常常思念这儿的海、河,这儿绿油油的庄稼。豆子摇铃了,玉米蹿缨了，花生结水仁了，他都能扳着手指算出来……海风很凉，不知怎么，他今天闻起来，它好像有一股子冰镇啤酒的气味。这味道既是熟悉的，又是陌生的。但这人群、这喧嚷声，的确是陌生的。过去的海岸没有这么多的人，海中也没有这么多的帆。他记起前几天看过一张报纸，上面有篇写农村变化的文章，题目是《沸腾的土地》。他今天似乎对"沸腾"两个字有了更深切的理解。

白色的沙子反射着阳光，常常耀得人要闭一会儿眼睛。在海边活动着的人，皮肤都是黝黑黝黑的，闪着亮光儿，像是要流动起来。也有皮肤晒暴了的，白色的干皮卷着，一块块使人想起旧冬衣上袒露出来的破败棉絮……他们在沙土上跑动，绵软的沙子使腿脚吃了不少苦头：沙子总是将脚陷进去，吸干他们腿上刚淌下来的汗珠儿。拔网的时候，这腿脚要陷得更深，它们在那儿颤动着，好像试探着，要寻找机会扎到土地里去。一个个弓起的脊背，椎骨凸出老高，那么细，那么清晰，使人担心它们会在用力的时候折断。一步，两步，沙滩上空出一个又一个深窝儿，后面的人又把这深窝儿踏平，踏出新的沙窝来……

卢达走近人群时，总要默默地看一会儿。他从这黑色的脚杆和一个个沙窝，能联想到"力""坚韧""耐久"等等字眼。

他想当你要描叙它的时候，会用到这些字眼的。他想起现代汉语课上的一位副教授——一位很执拗的老头子。他的头发总是梳理得一丝不乱，讲话时发出一种惹人发笑的尖音。"记住，气流振动声带，在口腔、咽头不受阻碍而形成的音，叫元音……"他用一口标准的普通话讲课，最喜欢用"莫衷一是"这个词。"争论颇多，莫衷一是……""众说纷纭，莫衷一是……"然而他在说"记住"时，神情却是那么毅然、郑重。"记住，根词是基本词汇的基础，它常以词根的资格繁衍出一族一族的各式各样的合成词！""记住，'蚯蚓'是个单纯词。你硬分开来：'蚯'是什么？'蚓'是什么？"老头子讲到这里，得意地笑了起来……卢达不由得将刚刚想到的几个词做了构成分析，他像回答副教授的提问似的，清晰地读出："力、坚韧、耐久……"

卢达刚刚三十八岁，身躯挺得笔直。他的头发乌黑；眼角上，如果不仔细看，还发现不了那淡淡的几条鱼尾纹。脸色稍微有些黄，但那眼睛却闪着有力的光泽，完全是一双洋溢着生气的年轻人的眼睛。他显得瘦一些，看上去干练、敏捷。一件雪白的衬衫扎紧在灰色的、笔挺的长裤里，这装束不知怎么多多少少透出了一股学生味儿。他再有一个半月就毕业了，如今还是名副其实的大学生。学校放暑假，他回到家里也待不住，常常从公社驻地那个小院子里骑上车子出来。他没有什么固定的目标和目的，只想随便走一走，看一看。他常常把车子支到田埂、桥头、小码头、葡萄园边，一个人蹲下来，默默地和这些东西交谈。毫不夸张,这算得上交谈！他和这些田埂、小桥，和这些建筑物、这些园林树木，都算得上老朋友了。田埂老了！小桥老了！对比起它们，他实在还是个年轻人呢。他们相对注视，没有言语，却在推心置腹。

岁月真是无情啊。卢达第一次踏在这些田埂上的时候，还是血气方刚的小伙子。他脸上的颜色和朝霞的颜色差不多。一转眼，他头上也可以找到几根白发了，眼角也可以找到皱纹了。最使人丧气的是他把遗憾和悔恨留在了岁月里，岁月又没有不露痕迹地将其埋葬掉。当他归来时，一切东西还清楚地存留在田埂和小桥的记忆里。他和它们交谈，显得很沉重。也实在是沉重——他蹲在那儿，有什么东西压得他低下头来，不得不用两手去支撑着……

他走在海岸上，他是从田埂和小桥那儿来的。

当他发现前边不远处有个矮矮胖胖的人正愣怔怔地端量他时，那个人已经飞快地跑开了。不过他从那个背影上，很快地想到了一个人。

那个有趣的、可笑可怜的人哪，你在今天这块土地上是怎么过日子的呢？——卢达在学校里，有时也从脑海中匆匆闪过他的影子。不会认错的，跑开的就是他！不过他为什么要跑开、为什么要表现得这样胆怯呢？卢达心中涌出一股难言的酸楚滋味。

他一定要去找那个跑开的人！不过，见面时谈些什么呢？

## 四

结过婚的人常有一种苦恼，这就是老婆没完没了的唠叨。任何一对夫妇里面，男人都曾有过这种苦恼。有的妻子在三十到四十岁这十年间唠叨过；有的在更年期的时候唠叨过；有的心中交织着初孕的喜悦和烦恼，就不停地唠叨；也有的虽然一生中只唠叨过几次，却也给丈夫留下了难以忘怀的印象……奇怪的是，本林娶了世界上最能唠叨的女人，却从来没有过这种苦恼。

大云的正式名字叫范绮云。

也许有人不信：这个最能唠叨的女人，出生在当时农村里最有教养的人家里。她的父亲就是当地有名的"范老中医"，不仅医道高明，而且熟通经书。他本来想让女儿学点药理，继承他的事业，但慢慢也就明白这是在白费心思。她从小长得就很壮，却没有一个精细的心眼儿，为一点事情就笑半天。她喜欢到田野里去跑动，对什么药书、小戥子、药柜子之类毫无兴趣。老父亲硬将她按在凳子上坐了，大声说："大黄，性味：苦寒！鹅不食草（中药，又名球子草），性味：辛温！……"大云先是睁大了圆眼睛听着，然后拍拍手掌笑起来："鹅不吃草，吃菜叶去！吃谷糠去！……"她只是笑，赤着脚跑出屋去。

范老中医决定招个女婿。当时还没有儿子小进，他要选择一个能够继承事业的人。本林刚刚八九岁，长得聪敏可爱，又是自幼丧母，正好进老中医的中药铺。他先要踩着板凳拉药屉——这是学徒的规矩，俗话说拉十年抽屉，就是一个好中医了。只可惜本林刚刚拉了两年，老中医就去世了！中医铺终究没能再开下去。若干年之后，他和嘻嘻笑的大云正式结为夫妇了。老岳母过世后，年纪很小的小进也就和他们住在一起了。

这个家庭至今也还是三口人，他们没有孩子。

大云比本林大几岁，也长得比他粗大出好多，自以为有管教本林的资格。小进自然也在她的管教之列。随着年纪的增长，生活的艰辛，她再也不那么爱笑了，却换成了无休止的唠叨。她的嘴唇很厚，后来不知怎么慢慢有些发乌，还总暴着一层白皮。无数的过日子的道理，苦闷、哀怨、兴奋、诅咒，都从这样一张嘴巴里飞出来。她的一对眼睛和善而美丽，上面的眉毛扬得轻松飘逸，这使她又有些可爱。也许就是因为这个吧，本林对她的唠叨能够忍受，也能够消化。她常常骂着本林，慢慢就转向了小进。

共同的命运，把本林和小进联结在一起。当大云骂个不停的时候，他们也就围拢在炕角上做起了什么小游戏：折折纸猴儿，摔摔扑克牌。小进玩输的时候，本林总是很认真地伸出手指，在他的鼻梁上刮一下……小进本来是个很灵秀的孩子，到了十八九岁上，已经是个英俊的小伙子了，可也就在这时，他遭了一场不大不小的磨难。后来，他就常常犯傻了。清醒的时候，他依然十分可爱，听话、懂事，只是太像个孩子。本林出门的时候他常常跟在后面。本林笑，他也笑；本林皱着眉头，他就有了莫名的苦恼。大云骂他们："两个猫头狗耳！"

责任田承包之后，本林好像也没有什么事情要做。这儿人多地少，全家分了那么一点儿地，做什么去？他喜欢自由、清闲，像匹脱缰的马那样一尥蹄子跑开了。他要"云游四方"，到集市，到田野，到树林，到那些以前想去而没有工夫去的地方。

但他去得最多的，还是芦青河湾。那真是个好地方，绿的水，蓝的天，野鸭儿，芦苇滩。连他自己也不知道为什么总是要到这儿来，这儿对他为什么有那么大的吸引力！他童年的时候——他现在还记得那时候，他差不多天天要到河湾里洗澡，他可以算作河水里泡大的人。后来没有机会亲近这条河了，他要和全村的人一起忙生活。他像一条久离清水的鱼一样，感到了焦渴和窒息。他是来河里玩玩吗？来摆脱成年累月的劳动的沉重吗？来打发一个人的孤寂吗？不！他是来亲近童年——他自己的童年！一个人到了四十多岁才去亲近和寻找童年，得到的是带有悲剧意味的欢欣……小进有时候也要跟上他到河湾里来，玩得总是十分痛快。他像对待一个最亲近的伙伴那样，往本林身上捧水、扬沙子。本林教他踩鱼，他做着这新鲜而富有实际意义的事情，竟然永不疲倦。

当他专心踩鱼的时候，本林就躺在一边的水上，轻松地拍着水波。他看到小进握住一条乱蹦的小鱼那样高兴，也忍不住要笑。人们最熟悉的，就是本林的笑容了。四十多年的奔波，酸甜苦辣，都没有消磨掉他这笑容。更多地给他痛苦的，倒是在他身边踩鱼的小进——小进常常犯傻，犯了毛病时会跑出小草屋，一连几天不见踪影。本林找不到他，就不吃不喝，冒着漫天大雪串村走户，到茫茫的海滩上呼叫。有时他自己也昏倒在雪地里了，被村里人见到抬回来……当他每一次历尽辛苦找到小进时，就紧紧地搂住那个不断颤抖的、瘦小的身躯，像生怕他再跑掉一样。小进却瞪着发红的眼睛，用牙咬他，挣扯他的头发。他一动不动，嘴角淌着血，只是搂紧这个躯体……

从孙玉峰那儿回到家里，大云要忙着去做那一串小鱼，也就来不及唠叨了。但三个人吃过饭，那一串炸成焦黄的小鱼也嚼光了时，大云就开始抱怨了。

"你说说你是个什么东西？你也有脸来家吃饭？我爹爹也算瞎了眼，招来你这么个怪物。早知道你这样，招个猫不行吗？招个狗不行吗？……"

本林和小进挨在一起躺着，这时小声对小进说："猫猫狗狗，一打就走！"小进也嘻嘻笑着学一遍："……一打就走！"

大云用炊帚刷着锅，很麻利地一甩一甩把水撩起来，等水珠落下时再飞快地用炊帚尖儿一抹。她做活儿很有节奏，唠叨起来也随了这个节奏，使人听起来她是故意一顿一顿地说着话："你睁开眼、你看看、你东家西家去转转，贩鱼的、卖烟的、打铁匠、修壶匠、编草窝、绑苇笆，你会做什么、你是白吃货！……"

由于这一段儿说得很连贯，有韵致，所以本林简直是带着一点儿惊讶听完了的。他朝小进伸伸舌头，又咂咂嘴。

刷完了锅，唠叨也就失了节奏。大云站在炕前，开始把手叉在腰上了。她把身子压紧在炕沿上——让人奇怪的是，她的身子往前探那么厉害，竟还能保持平衡！她用下颏指点着本林说："好样的啊！你也是好样的。你什么不会做？你赶过车，打过马蹄掌，当过医生。什么做好了？捧住了哪只饭碗？老天爷，

23

天底下也没有你这样的男人哪。我不求你当个'万元户'，我只让你挣来瓦房不漏，和我家原来那幢中药铺子一样！……"

本林听着听着有些困了，他闭上了眼睛。

大云说着说着把脸仰起来，笑盈盈地说："你什么不会做？老天爷，说起来没人信：你还演过戏，做过'文艺人'哩！"

本林一生最羞于让人提他演戏的事，这时像被什么戳了一下似的蹦起来。他拧着眉头，恼恨地看了一会儿大云。最后他笑眯眯地、半是商量半是规劝地说："说点别的吧？……"

五

吃过晚饭之后，天还没有黑透。夏天的晚霞有时很淡，成一片微紫色，这颜色洁净而透明。只有一两条红云，像刚刚开放的并蒂莲花瓣那般颜色，被什么力量拉扯得又细又长，穿过一片透明的微紫色。

李本林坐在门口的高草墩上,能够久久地望着西面的天空。他有时坐在这里想好多心事,把多少年的经历,特别是令人愉快的事情,细细地咀嚼一遍。他觉得他过得总算幸福。他没有遇到危及生命的不幸和坎坷,一切都还过得去。老婆的唠叨也只是给无声息的屋子添一些声音,这也没有什么不好——有些人家买来收音机,也无非是为了添一些声音。

可是近来,本林不愿安稳地坐他的高草墩了。

他要找孙玉峰去!老朋友对本林有一股奇怪的吸引力,他有时想起要找孙玉峰去,简直一刻也不能在家里停留。只要一想起"孙玉峰"三个字,心里就像流过一阵糖水那样舒服。他觉得孙玉峰的话让人服气,一听就懂。自己的话对方也听得懂,听得懂不容易啊!像大云,一起生活快四十年了,她有些话他还听不懂。世上的事情再没有比找一个朋友玩更好的了。所以,有时本林奔出门来,那急慌慌的样子简直像着了魔似的,连小进也顾不得了,什么大云的呼喊,他听不见!

孙玉峰吃过饭,就及时地避开他的老婆孩子,到一墙之隔的另一处小院里了。这个小院怎么看怎么怪：院墙很高，以至于院里的大小梧桐树从外面看只露几个梢头；一个小厢房靠在墙角上，使这芜杂而显得多少有些荒凉的院落有了灵魂；院墙根下，有坍塌了的兔窝，多年不用了的葫芦架，一排子石桩，还有谁也看不明白的、挖得方方正正的一溜儿黑洞洞……这个院落平常只有本林有资格光顾，连自己的老婆孩子都一概拒之门外。孙玉峰就在这里拉他的坠琴，会他最亲近的朋友。如果一般的听琴人来了，他就坐到院子外边的梧桐树下。

　　本林进了小院时，孙玉峰总在吸他的大黑烟斗。他一大口一大口地吸，往外吐烟时，总要将腮鼓起来。他看到本林来了，一动不动，就像没有看见一样。那有点歪斜的眼睛，一只盯在烟斗上，一只盯在院角的小厢房上。本林并没有因此而感到不快，他知道：孙玉峰对最好的朋友才这样呢！他不吱一声，坐在孙玉峰的身边，一边看着他那顶鲜艳的太阳帽，一边等他吸完这一斗烟。

　　他们的交谈在别人看来也许有些奇特，但他们自己以为都是极平常的。他们也不过谈些风、星星、海滩，或者是白天晚上的琐屑事情。孙玉峰说："过去有人说'风像小刀子割一样'，我还不信。去年冬天抬水泥杆，一出门让风把脸割了个口子！"他说着把帽檐儿歪一下，让本林看那个一寸左右长的疤痕。本林说："这看什么！我还不信嘛？像刀子，有时也像锥子……"他们没话谈了，就仰脸看天。孙玉峰指着一个很亮的星星说："看到那个了吧？发红了。报上常讲有星星掉下来，我看就是发红的先掉。"本林肯定地说："那还用说！像苹果一样，熟透了不掉怎么的！"……他们议论起国家的、县里的、村子里的事情，也一致得很。有时根本用不着说话，只是做个动作：孙玉峰用力地拍一下腿，本林也用力地拍一下腿；孙玉峰抚摸着裤子上的皱褶，本林就弹开食指，弹掉了那儿的一撮灰……

他们谈不太久，就要到小厢房里取那个盛了坠琴的黑布套。这是他们每次会面最兴奋的时刻。

孙玉峰开始拉琴的时候，李本林总要站起来，微微弓着腰听着。无论听过多少次，本林还是那么专注、那么倾心。他咂着嘴，又微微张大了嘴巴，或者是轻轻地跺着足。他在心里说："这不是拉琴哪！你个家伙！你在搬弄什么神物啊！这哪里是在拉琴啊！"……只有本林懂得它的极大的妙处，只有本林知道它这让人听了哭起来、痴起来和笑起来的声音是怎么出来的。看！看他那四根指头、指头顶儿。你莫要以为它像闹玩似的一颠一倒，那是在搬弄神法儿！一弓子出去，那声音要拐千万道弯儿才飞出来，年轻人听了就脸红，就心跳，就像有个小毛毛虫在那儿咬似的，又疼又痒！怎么形容这声音？说它好呀妙呀？说它拉得人心里抖呀？全不对。要说得准，只一个字，也除非是这一个字："浪"！不要以为是谁琢磨出来的，谁也没有那样的脑筋。这是四根指头在弦上弄神法儿那个人自己，是孙玉峰说的！他说："坠琴，坠琴可不是别的，它就得拉得'浪'！……"

他们的友谊就是从琴上开始的。

有一年上闹饥荒，吃不饱饭。村剧团到外村演戏时，不仅吃得饱，还吃得上白面馒头！李本林考虑到肚子问题，就要求到团里跑龙套。谁知这个美差竟争激烈，村干部没有同意。但本林常到剧团听孙玉峰的琴，孙玉峰对他早有好感，就为他说通了村领导。本林在那几年里经历了一生中最难忘怀的好日子，至今也怀念那个时光。后来，因为一段羞于让人提起的原因，他才被赶出了村剧团。

可是本林从那时起就学会了歌唱。不唱，他的嗓子就痒。每天晚上，他总要唱几段。他唱一些有名的剧目，生旦皆可。这天晚上他一开口，孙玉峰就说："别唱那些腻腔了，来段儿'听见狗咬'！"

这是本林随口胡编的一小段儿。叙说的是他自己经历的一个故事：有一天晚上，本林在果园里"看泊"，就睡在草楼铺上，铺下还拴了一条狗。他到邻近的果园里玩，突然听到自己园里的狗叫起来，于是赶紧跑回去。一看，铺子被掀倒了。后来他才知道，这是邻地"看泊人"的恶作剧……

本林听了孙玉峰的提议，十分兴奋，两手揪住衣襟拉开了扣子。他的小白褂通常钉的是按扣，所以用力一拉即开，并能发出"啪啦啦"的声音，像是为即将开始的歌唱喊响的"叫板"。他唱道：

（白）本林哪！
我听见狗咬，
拿腿就跑，
跑到了铺跟前铺就放倒！
我越寻思越不是个滋味，
到明天不干了！
看泊的对看泊的，
哪好这么胡闹？！……

这是一段孙玉峰和李本林都满意的歌子。不知怎么，本林每唱完一次，心中都有一种莫名其妙的激动；孙玉峰放下弓子，也用热切的目光注视着本林，好像每次唱过之后，他们的友谊都比以前加深了……

拉过一阵坠琴之后，孙玉峰就把它放进黑布口袋了……他重新吸他的大黑烟斗了。他徐徐地吐着烟气，不动声色地望向墙角。停了会儿他说：

"我也要做买卖了……"

本林蹲到他的面前去，看着他沉沉的脸色问："真的吗？"

孙玉峰望着树隙里透出的夜空，很严肃地点了点头。

"也做做'万元户'？"

"'万元户'算个什么。做得好，几万都是它！"孙玉峰一只眼睛盯着本林，使本林觉得事情突然重大起来。

本林吸了一口凉气，久久没有作声。他说："你总能行的——你贩鱼吧？"

孙玉峰讪笑着摇摇头："纺麻绳——开个纺绳厂！粗绳细绳，三股四股，运到龙口码头就是宝。先到南山里收红麻，原料是根本！……"

本林呆呆地望着他，惊得说不出话。他在心里喊：哎呀！你个孙玉峰！你怎么想出的哩？这是个高招，一看就知道比贩鱼（鱼有多么腥气！）、比开油坊、比打草窝（草窝打得再好，人家买了还是穿在臭脚上！）高出千倍……他这时那么羡慕孙玉峰，心中突然鼓涨起勇气来。他声音低低地说：

"我想……入伙……"

孙玉峰毅然地摇了摇头。

"不行吗？"本林急得站起来。

"不行。朋友归朋友，买卖归买卖。你不是做大事情的人。再说，你又没有本钱。"孙玉峰提起黑布口袋，就要回那个小厢房去了。

本林迎面将他拦住说："我有买瓦片的三百块，这是我的本钱；我和小进顶一个人，还不行么？"

孙玉峰坐了下来，不吱声了。他磕磕烟斗，突然大声说："罢、罢、罢！朋友一场，收你入股了！"

本林像喝醉酒一样地摇晃起来，激动地将孙玉峰头上那顶鲜艳的太阳帽给他旋转了一下，哈哈地笑起来……他问："什么时候去收红麻啊？"

"好事不能迟，明天！"

## 六

李本林从孙玉峰家里出来，觉得身上十分躁热。他轻轻地扯开衣衫，让南风吹着裸露的胸腹。他手扯着衣襟，两臂张开很大，觉得这样大约能够多收入一些凉风。他就这样张着手臂走下去，步子蹒跚，哈哈地笑着，好像喝醉了一般，两腿有些轻飘，步子急促而细碎，一直向前走去。他要回家去，可又并没有跨进那条走熟了的街巷，而是沿着一条小路走下去，渐渐出了村子……

哦哦！多么辽阔的原野，温厚的、润湿的夏夜。海滩小平原上，一个没有月光的夜晚。大片大片的麦子已被收割，那在田野上泛出微微光色的，是那又齐又平的、雪白的麦茬儿。麦茬儿之间该是刚刚生出四五片叶子的玉米苗儿了，它们最小的直立在中间的一个叶片上，骄傲地挑着属于它自己的那一滴露珠。土地的确有一股厚重的香味儿，它和地脑沟畔上茂长的茅草中发出的透着微酸的香气、和路边树叶上发出的清香、和漫野里飘流着的野花野果的甜香，统统混合在了一起，只有庄稼人才能把它分辨出来。泥土的气息在这没有月光的夜晚里默默地熏陶着它的稼禾、它的树木、它的果实。蛐蛐儿以及各种善于欢歌的小虫都在这个夜晚里尽情地唱起，正是它们不同的、多彩的歌声，才使这夜在显得更加丰厚的同时现出它的层次。没有一丝云气的星空的边沿，那一抹浅淡的、像水墨画上毫不经意点出的一笔，是缓缓升起的暮雾吗？再近一些，那重重叠叠的黑影，是林梢的轮廓，或是真的山影吗？更近一些，那在地面上隐约可辨的弯曲交织的网络，是田间小路还是沟渠土埂？……

一两声鸟鸣响彻夜空，余音只在空廓渺远的星空里停了一小会儿，便紧缩成细细的一线，像抽丝一样地被抽走了。蛙声很疏散地叫起来，而且是十分干涩的，像在没有水的湾渠里发出的一样。伴着蛙声有什么在"吱扭扭"地叫着，"蓬蓬"地响着，那是用辘轳和柴油机车水的声音了。夜深了，田野上的劳作却没有停止；汗水一天没有汇满沟渠，青蛙一天没有在水湾里歌唱，他们就不会停止劳作。夜色隐去了一切，各种声音又是这么时隐时现的、断断续续的，使人觉得这个夏夜真的是默默地、就要在惬意的温暖和润湿中睡去。但你只要放轻脚步，细心地去倾听，你终会听到一种急促的，甚至是激越昂扬的节奏。你会听到一种在夜露里萌生苏醒的声音，一种骄傲而自信的声音。还有一种呼叫：它透过一层层夜幕传过来，虽然微弱，却仍能感觉到那是从一个强壮有力的肺叶中发出来；你会想象出一个中年汉子徜徉在他的责任田里，像一个将军那样雄心勃勃，步履坦然……夜色太辽远了、太浓重了。在这夏天的夜晚里，你应该走上原野，让夜露湿了衣衫，让热风吹乱头发，去感受和倾听一种节奏、一种声息……

本林并没有在意他走到了哪里，他只是笑着往前走。一双脚磕磕绊绊，那完全是太兴奋的缘故。他好像获得了什么，可是明明又什么都没有获得。他在为孙玉峰的许诺而高兴吗？好像是，又好像不是。他惊讶自己竟然有了这样的勇气，竟然要和另一个人合伙开工厂！他想到这儿又哈哈一笑，得意地闭上了眼睛。

风越来越凉了。李本林走着，猛抬头看到了一片片的芦苇、一湾泛着光亮的小湖！他竟又走到了芦青河湾，这简直有点儿鬼使神差。由于水面是静静的，天上所有的星星都映在河湾里了，正神秘地向人眨着眼睛。野鸭不知藏在了哪里，水面上没有一只游动的水鸟。跳鱼没有了。这一面硕大的圆镜此刻显得那么光滑、纯净。

本林在沙岸上蹲下了,他眯着眼睛端详这片发着柔和光亮的水湾、端详着黑的芦苇。他很想到里面洗个澡,洗去这一身的躁热。可是他不知怎么总也没有脱下衣服,跳到河水里。这样蹲了一会儿,他有些疲倦,就在这沙土上躺下来。沙土的温热差不多已经退尽,凉丝丝的很舒服。他像是就要在这里睡去,仰着身子,两手抚摸着圆圆的肚子。

芦苇里有什么在轻轻地叫唤,发出扑棱棱的响声。本林想这是鸟儿们在捉迷藏,玩那个把戏了。他睡不着,想起了小时候在苇棵子里玩的那些把戏。那时候他们一伙都带了真的渔叉、假的弓箭,在这苇子里面奔跑,搞两军对垒。苇叶儿划破了胳膊,那等于被敌人的弓箭射伤,他们反倒觉得很光荣。这样玩累了时,他们就跳下河道,身子撞起几尺高的水花,去摸鳖,去叉鱼!本林做什么都是好手。他有一次叉到一条大鲢鱼,一直用渔叉高高地挑起,像他们这伙队伍中的一面旗帜……

他不记得怕过什么，正像他不怕河水一样：他可以侧游、仰游、打着滚儿游！……可是后来他长大了，胆子反而变小了。在队里做活，队长喝一声："本林，这是你做的好活计么？！"他就身子发颤，急着要躲到人家后头去；反对"资本主义复辟"的时候，村支书喝一声："本林，你到集市上倒卖过大白菜么？"他嘴巴翕动着说不出话，恨不得跑到天边去藏起来。就是从那时起，他忘了芦青河，忘了从小玩过来的河湾，游泳的本领也荒疏了；再到后来，他简直憎恨起那些往河边海边跑的人了：正经的贫下中农，怎么能净玩那一套呢？驻村工作队抓住了赶河赶海捞外快的人，他心里也跟着高兴：抓得好！……

不过，本林记起他也有过胆子大的时候。胆子要大，有时也不过是一夜之间的事情：那一夜他们没有睡觉，举起红旗，呼喊着在街头、在田野、在马路上、在海滩上游荡，戴着通红的袖章，并且理直气壮地宣布了他们从今夜开始造反！……本林和好多人一样，脉管里的血静静地流淌多年，那种沸腾的欲望深深地潜下来；当温度适宜时，这个欲望就悄悄地燃烧起来了!

本林怎么也忘不了他们的队伍开进县城的前夜,一个满脸横肉的人推搡着他说:"我委任你——本林同志,为一往无前革命战斗纵队革命战斗前敌委员会总司令!"说完,对方就跟他握手。本林听不懂前面那一串字眼儿,可是他清楚地听到了"总司令"三个字,于是赶紧握住了对方的手。……第二天,县城的大街果真有战斗,他还没有弄清怎么回事,就被飞来的一柄渔叉叉倒了!……伤在大腿上,虽然动脉无损,保住了性命,但还是流了很多血,结下了一个大大的疤癞。他跛了两年。当后来人们回忆往事,把"造反"作为笑谈时,本林已经长好了的腿不由得又要跛起来,一拐一拐地走着说:"'上古之世,人民少而禽兽众,人民不胜禽兽虫蛇!'"——这是他早年跟老岳父学来的唯一的一句古文;之所以能够记住,那是因为有"禽兽虫蛇"几个字。他说的时候,脑海里总出现人与虫蛇们搏斗的凶险而又不免有些滑稽的场面……

本林躺在沙土上。对往事的回忆使他笑出声来。

他寻根草梗咬着,睁开眼望着星星。芦苇沙沙响起来,南风大一些了,本林又把脸转向了这片轻轻荡漾的水了。他想,事情也真是神奇:他又回到这芦青河入海口了,又像个小孩子一样恋水了。他觉得自己也真的变得年轻许多——人竟能倒换着长:由孩童长成老年,再由老年回到孩童那里去吗?!这自然荒唐,可他却看到了一个千真万确的事实:他又回到芦青河湾了!

夜越来越深了。李本林毫不瞌睡。他除非在这水边沙地舒展着仰躺上一天两夜才能够尽兴。他想象不出开工厂会是个什么样子,想象不出到南山里收红麻会是怎样情形,也想象不出大云得知他的宏伟计划会有怎样惊讶的神态。

想到大云,本林突然从地上站起来:把老婆一个人放在家里,深夜不归,这可以么?想到这里,他就毫不停歇地向着村里跑去。

## 七

早上,本林照例醒得很晚。太阳把窗棂映红的时候,院门被谁敲响了。大云问:"是孙玉峰来了吧?"说着就要去开门。本林先听了听,扯住她说:

"慢。孙玉峰擂门是'武擂',这个人是'文擂'。你先到门口去听准。"

大云用极少使用的钦佩的眼神看了看他,到门口去了。

她问:"谁呀?"

"我。"门外的答。

"'我'是个什么!"大云两手拄在腿上,从门缝往外望着,嘴里咕哝,"'门神门神扛大刀,大鬼小鬼莫进来'!……"

外面的人笑了:"本林同志在家吗?"

大云按在膝盖上的手立刻抖了一下,她慌促地退开一步,又退开一步。她端详了一会儿门,转身跑回了屋里,对在本林的耳朵上告诉他:"他说'本林同志'!……"

本林不吱一声,飞快地穿好了衣服,坐在了炕边上。他的神色十分严峻,一动不动地望着大云和小进。他声音低低地说:"是他来了。我在海边上见过……他……怎么办呢?!"

大云狠狠地跺了一下脚:"'他'到底是谁?"

"卢书记。这还听不出来!你告诉他我睡了——"本林烦躁地挠着头,"再不,你干脆给他拉开门吧!真丧气,买卖还没开张,大清早就遇上这么个丧门星……"

大云一句也没有唠叨,转身就给他开门去了。

本林随后将全家唯一的一把红漆椅子搬到院中,端正地坐下来。他随着开门的吱扭声拖开长腔喊道:"进来的是哪一位呀——"

大云拧着脖子回报说:"本林,真是卢书记来了!"

卢达进了门,几步跨到红漆椅子跟前,弯腰握着他的手说:"你好!本林同志……"

"啊啊，啊啊！"李本林像被炭火烘烤着一样，脸色发红，一边频频点头，一边从红漆椅子上跳了起来。他紧紧握着卢达的手，不轻不重地耸动着，连连说："你好你好你好！……"

卢达特别注意到：对方的手掌并没有伸离袖口太远，拇指直立起来，其余四根手指向下弯着。这只手的样子、形状，本身就像一个人在低首躬身，彬彬有礼。能够做出这种态式的人，在芦青河边上还不多，这和握手人那不整的衣衫形成了鲜明的对比……他的目光停留在对方的手上，久久没有离开。他又发现这指头粗短的巴掌，比过去更粗糙、更添了些伤疤。在他离去的日子里，农村正发生了一连串的变革，这双不算勤奋，也不算笨拙的手又做了些什么呢？它在土地上抓挠过么？它在竞争中拼抢过么？它在烈日下暴晒、寒霜中冻僵过么？正这样想着时，他的手被这只粗糙的手握得微微发疼了。

他知道这只耸动着的手蕴含着好多意味，也只有他能看出这只手在和自己的手交谈着：它先是用力一握，好像说："伙计，又见面了！"接着，它那四根手指的指肚儿在手心里轻轻摩擦了一瞬，那是嬉笑，本林式的嬉笑！它仿佛嬉笑着说："伙计，怎么样？我什么时候也还是笑……"直立着的拇指，指尖向下点了一下，多像一个人在不怀好意地、带着挑战意味地点头？那似乎在同时问道："哼哼！你还记得我吗？你又来了吗？怎么，又要较量一番么？！"……卢达这样想着，正要说什么的时候，这只握紧的手松开了。

握过手之后，本林才慢慢平静下来。他又坐在了红漆椅子上，不停地翻着白眼。

大云把走出屋门的小进推进屋里，然后习惯地弯了下腰说："卢书记，你可是吃官饭、摇官船的人哪，有话快说，莫耽误了俺男人的大事情啊！"

这种不友好的态度卢达似乎也预料到了。他没有对大云说什么，只是看着本林那脸上的皱纹，轻声说："本林，我在学校里很想念你。我是来看看你，看看你的生活……"

一股热流涌向本林的心窝，但很快又冷却了。他淡淡地说："生活不孬……"

"你要做什么'大事情'呢？"卢达问。

本林立刻用警觉的目光看了看卢达，又瞟了大云一眼。接着，他果断地一挥手说：

"这不关你的事！大云，送客——！……"

## 八

卢达被主人从小草屋里赶出来了。他缓缓地蹬着他的自行车，吃力地爬了一个上坡，在一棵老槐树下面歇息了。他实在蹬不动了，第一次感到全身这样软弱无力。老槐树是生在离开村子不远的路边上的，粗大、苍老，巨大的树冠投下一片可爱的绿荫。坐在树下，可以清楚地看到那个矮小的草屋。

他简直不敢回味刚才的情景。他明白小草屋的主人，似乎也预先知道那个人不会怎么欢迎他。但他想不到会被三两下赶出来！……小草屋啊，还有比卢达再熟悉这个小草屋的吗？他下乡驻村时，曾经长年住在这个河边的屋子里，因为它是全村里为数不多的小草屋之一，它的主人自然格外受到他的注意，他们后来打过很多交道。多少年了，他无数次踏进小草屋，也曾真诚地帮助过它的主人，但最终还是没有让它改变模样，它至今还是顽强地存在着。就像它的主人一样，穿着不整的衣衫，带着一脸的嬉笑！

他本来准备和本林好好玩一玩，谈一谈。他肚子里装的话可太多了。他并不想去打动谁的心，他只是为了吐出来——很大程度上也是诉说给自己的心灵听的。可悲的是，对方连这样一个机会也没有给他，这真有点残忍的意味。卢达望着那在霞光映照下的村子，茫然地点了点头……他承认本林一家做得并不过分，今天和昨天本来就有着因果关系。像哲人昭示过的那样，昨天的一切被生活的链条传递下去，又在遥远的地方凝聚成一股陌生的力量回击过来——卢达现在算是尝到回击的滋味了。他现在想做的、要做的，无非就是扯住那根无形的链条，去追溯过去的生活……

他和本林是怎么认识的呢？

那是他做团委书记的时候，刚刚住到这个村子的第二天。他听说一个生产队长和一个社员吵起来，队长毫无道理地罚了那个社员二百工分；而这个社员是全村里最穷的，住草屋、用破锅。他十分气愤，代表工作队狠狠批评了那个队长，并带着一口新锅去慰问了贫穷社员。这个社员就是本林。见面时，卢达如同今日一样，也是紧紧握住了他的手说："你好！本林同志……"

他记得当时的本林是哭了。多少年来，有谁跟他握手啊！有哪个干部跟他握手啊！又有谁这样郑重地喊他同志？！他握着卢达的手，久久不愿松开，全身都跟着颤抖……卢达第一次看到这么穷的社员，他惊奇地发现，这屋里不仅是锅漏了，那锅盖也早已裂开了大口子。几天后，他又给本林送来了崭新的锅盖，并着手为他申请救济。

就在他送去锅盖的第二天，一首由本林亲自编成的快板儿传遍了全村。本林为了合拍，也出于亲昵，竟在他的名字中嵌进了一个"小"字，成了"卢小达"——

卢小达，卢书记，
给我本林出了气。
出了气，不算多，

又买锅盖又买锅！

……………

卢达听了虽觉得好笑，但心里还是热乎乎的。

后来他又听说：这个本林可不是个争气的玩意儿，老岳父给他留下了多么好的家底儿，全被他作践光了！有好的不吃一口坏的，他把大瓦房卖了，净买猪头肉吃。看看那个吃圆了的肚子吧，至今没有消下去……各种议论都有，概括起来也不过是：好吃懒做，爱耍贫嘴，是个填不满的穷坑！他老婆吗？也好不了多少。

卢达听了十分不快。他是贫农，是农村中最革命的力量，怎么可以这样呢！

卢达决心在帮助他的同时去改造他。卢达坚信本林这样的人本质是好的，搞得好，成为革命队伍中一股很重要的力量；搞得不好，又会产生很大的破坏性。要提防他，也要敢于使用他。

卢达以后就常常到那个小草屋去，倾听这户最贫穷人家的声音。卢达也是农民的儿子，他懂得日子的艰难。他发现小草屋里的三个人都那么乐观，本林在大云的唠叨声里照常说笑，哼他的吕剧。大云唠叨完了，很自然地就投入说笑。这个高大的女人走在屋里，踏得地面咚咚响，总带起一股飞扬的暴土末子。她安静下来的时候就倾听本林的言谈，瞪着一双专注的眼睛，以便从中寻到碴儿争论几句。

他们争论最多的是草药，这常常使外行的卢达陷于茫然；但慢慢地，他明白了这种争吵只是一个家庭的"佐料"，并无什么实在的意义。本林说一种草药"味苦，性平"，大云偏要说它"味辛、苦，性温"，还说它"有小毒"……她说时用手拍着桌角，如果本林仍要坚持自己的意见，她就弯着腰凑到本林跟前，腰使劲弓着以便使头颅与本林齐平——只有这个时候卢达才觉得她是可怕的……全家最可爱的要算小进了，这个十八九岁的小伙子白皙而文静，一双眼睛明亮而聪颖。他用含笑的眼睛望着他的姐姐、姐夫和卢达这个客人。他实在不像大云的弟弟……卢达感到全家人对他是友好的、信任的。有一次，他进门时正遇上大云用勺子敲着锅跟来玩的村里人说话，这使他马上明白了她的那一口锅是怎么漏的了。她敲着锅说：

"看看吧，天底下有这样的好干部么？这是他，卢小达送俺的……"

卢达那一次微笑着退出来。他在笑他的名字竟如此巧妙、如此滑稽地被人篡改了……

这年的冬天，中国农村出现了又一新生事物：合作医疗。村子里原来有一个药铺，药铺里一个老头子，中西医都通晓一些；还有一个中年妇女，会接生、打针、下银针，并附带管账。本来将这个药铺变一下名称即可，但有人提出那个老头子曾经当过几天伪军——合作医疗政治要求高，这怎么行呢？村支书对卢达说："算了，不要换了，药铺离了他不行的；再说，他其实只当了八天伪军。"卢达坚定地说："当过一天也不行。我们还离不开一个'伪军'吗？那么多的贫下中农，像李本林，不可以培养吗？……"

李本林当了医生了。他通晓一点草药，而那个妇女会使银针。当时提倡"一根银针一把草"，恰如其分。

……

卢达坐在老槐树下，遥望着平坦的原野上那远远近近的村落。他完全沉浸在对往事的遐想里了。

太阳升到树梢上了。原野上的雾霭在消散。刚才还显得暗淡的树叶子，现在竟在一片银亮的光点下抖动。

卢达仍要不时望一眼那个小草屋。当他再一次抬起头时，突然发现小屋的门口站了一个身背宝剑的怪人！那人推着自行车，正用力地擂着门。停了一会儿，大云、本林、小进都出来了，然后他们又进门去了。不一会儿，本林领着小进，也推了自行车，跟上身背宝剑的人上路了……他呆呆地望着，十分惊讶！

卢达在老槐树下站起来了。他猜想着：那身背宝剑的人是谁呀？

## 九

他知道，这伙儿人就要沿着这条路走过来了。他们似乎要去远方。

卢达这时候不愿让他们看到他。但他想看看这几个人……他将自行车推开，推到路边的一丛紫穗槐下，然后坐了下来。

三个人走过来了。本林车子的后座上，坐着小进。因为要爬这个上坡，他们不得不下来推着车子走。最前边的就是背宝剑的人，还戴了一顶颜色鲜艳的太阳帽——卢达这才明白自己是被这顶小帽子骗了，那不是孙玉峰么！知道了是孙玉峰，也就不难知道他身后斜背着的黑布套里装了什么了。这家伙，远远看去多像背了个宝剑哪！……卢达的目光很快从孙玉峰的身上移开，他发现本林神色严峻，却又透露出难以抑制的兴奋。后面的小进——卢达刚才在小草屋里并没有仔细端详，这才发现他原来十分瘦削孱弱，像个小老头儿一样！卢达脑海里马上又闪过那个十八九岁的小伙子，那个聪颖漂亮、有着一对明亮的眼睛的小伙子……生活要摧毁一个人真是容易啊。卢达还记得前几年他犯傻之后冲进风雨中的样子，记得他在本林怀里怎样蹬踢、乱咬……他们已经将车子推近了老槐树，卢达看到他们车上挂了一大扎绳子。

他们要干什么呢？三个人远去了，卢达眼看着小进萎缩的身影走上高坡，又消逝在高坡的后面……

卢达的目光又转向了村子，转向了那个小草屋。

他在俯视村子，俯视小草屋，俯视过去的生活。他是经过攀登之后，才来到了一个高坡上。比他高的是老槐树，他十几年前就见它屹立在这里，像一个巨人一样注视着村落、村落里忙忙碌碌的人们……老槐树，你看到了昨天的一切，你记得悲剧、闹剧和喜剧，记得那一幕幕情景吗？你还认识剧中的一个人物吗？他此刻正默默地坐在你的脚下吗？

……本林当了医生了。村里人为了方便起见，也为了一语道破两位医生职能和技艺上的区别，干脆喊他"一把草"，喊她为"一根针"。"一根针"可以一针见血，而本林只不过是轻飘飘的"一把草"……本林整天穿着一件白大褂，高高地挺着肚子，倒剪双手，满嘴的"陈皮""牛黄""桔梗"……

大云也经常到合作医疗的小屋里来。她常常占据了本林的办公桌子，跷着二郎腿，当着病人的面和本林争论草药的"性味"……后来她突然不去了。有一次她吓唬本林说:"哎!你这个'短粗胖'(她气愤到极点时才这样称呼),小心我拧断你的腿……"她找到卢达说:"卢书记呀,我家本林变修了……"卢达不知她指的什么,询问的时候,她一拍膝盖说:"嗐,你还看不出来吗?一女一男成天关在一块儿还会好?……"卢达坚持说不会像她想的那样;她则坚持要将"变修"的男人揪回小草屋里,永不准他去拨弄那把草。

尽管如此,本林还是留在合作医疗站里。后来,完全是政治方面的原因,才使他永远离开了那儿。

那是一个夏天,卢达听说本林在伸手不见五指的黑夜里,常常要溜到那个当过伪军的医生家里去。他听了十分震惊,但又不信本林会做这样的蠢事、会有这样的胆子。他吩咐民兵暗中注意一下这个事情。结果所传属实。卢达对本林彻底地失望了。正在他又愤怒又怅然,不知对本林如何是好的时候,本林治病出了问题:一个老头子喝了本林配的药之后,抬到公社医院抢救去了!当时正是寻找"活靶子"的时候,哪里寻这样的例子去：阶级敌人利用变质下水的本林，破坏合作医疗新生事物，已经危及贫下中农的生命！卢达亲自下达命令——揪出"伪军"，撤掉本林，一根线上两只蚂蚱，一起批斗！……

"伪军"被批斗了，本林被批斗了。当时的卢达很少想到一场批斗对他们的命运、他们的生活会产生怎样深远的影响。

本林很快落魄了。他成了人人睥睨和取笑的角色。大云在家里更起劲地唠叨他，只是在外面却规矩多了——她自觉地分享了男人的屈辱。卢达也很少来这个小草屋了，他感到改造本林的计划已告失败，本林终于成为一个破坏我们事业的人物……

这是卢达给小草屋投下的第一个阴影。

那想起来令人心颤的、揪心的痛楚，是他做了公社书记第二年的事情。那一年他率领一个工作组驻在这个河边村子里。

事情巧得很，进村时一帮闲人正在街口上晒太阳，站在前面的正是李本林。卢达至今也不明白他当时为何要握住了他的手，像几年前一样，说了句：

"你好！本林同志……"

本林开始时慌促地看着他，看着周围的人；但很快的，那眼神里闪射出了自豪的、优越的光辉……卢达想到了什么，立刻抽出了手。而本林的手还抬在空中，仍像握着什么东西一样，大拇指直立着，其余的四根手指使劲向下弯曲着。四周的人哄笑起来。大家喊着："本林哪，追上去握！追上去握！……"本林没有动，只是含笑望着卢达率领的一伙工作组往前走去，那眼神里有一种感激，也有一种困惑和痛楚……卢达走开老远了，回头望一眼，见他终于将手放进衣兜里了，但仍站在那儿，向这边望着。他的头发被风吹着，没系扣子的衣襟也飘动起来。

卢达当时的心动了一下。他站下来，很想走回去和他说点什么，但终于没有动……本林是完全的憔悴了，那头发在风中撩动着，多像衰败了的枯草。他有什么话要诉说吗？他想乞求什么吗？卢达甚至想到他会是又要申请救济了。卢达想起这个不争气的、和一个伪军搅到一起的贫农，心中涌进了一股愤怒，他转身沿街巷走去了。

然而他后来却一直没法忘掉这个形象,这个抬起一只手的、头发在风中撩动的形象……

这年的冬天,是他记忆中最寒冷的一个冬天。

一个晚上,卢达正在小火炉子跟前烤烟叶,一只眼睛的村治保主任进来了。他报告说民兵在野外巡逻时,抓住了一个流氓,此刻正关在大队部里……卢达赶去一看,立刻呆住了:抓到的是小进!也许他和民兵搏斗过,衣服上有几点血迹,头发蓬乱,冒着汗气。他见卢达进来了,尖叫着"卢书记"跑过来,却被"一只眼"一脚踢了回去……卢达也没有理他,不安地走到了隔壁。他在那儿问清了情况:民兵巡逻到一个场院上时,冻得受不住,想到麦垛跟前暖和一下,想不到就撞见了小进,正抱着一个姑娘……卢达的心情十分沉重。他感到痛心的是小草屋里最让人喜欢的一个人也走上邪路了!离开大队部时他叮嘱"一只眼",不要动手打小进,我们要改造的是他的灵魂,而不是他的肉体。

想不到,第二天卢达住的小屋被三个人围住了:本林不停地喊"卢书记",恳求放出小进。他见卢达脸色阴沉着,就不敢吭气了。但他在屋角蹲了一会儿,突然直直地站起来,大声喊起几年前编的那首快板来,喊一声往前走一步,那眼睛里旋转着泪水:"卢小达!卢书记!给我本林出了气。出了气,不算多,又买锅盖又买锅!……"

他往前走着,卢达就往后退去。他几乎不敢看本林的眼睛了。他心里明白:这次,实在不能像上一次那样帮助本林了。

大云在屋里蹦着,她不向着卢达,而是向着屋梁问冤:

"小进哪,我的好兄弟,是哪副药没有吃对呀?得罪了那些丧门星……"

窗外,伏在窗台上的,是那晚和小进在一起的姑娘。她叫着小进,哭着,用手紧紧地捂着脸。

三个人从早围到晚,卢达一刻也得不到安生。为了摆脱纠缠,他让"一只眼"将小进送到公社去,参加一个"学习班",结束后再送回来。办"学习班",实际上是全公社的"坏人们"定期集中受训的一个方式。办"学习班"是个好办法……后来他才了解到,小进解往公社时,是被五花大绑了的,后面紧跟着"一只眼"和持枪的三个民兵……

想不到两个星期之后,小进被放回来时竟变傻了。他一头冲进雪地里,嘻嘻笑着,抚摸着地上的一团雪,又将脸偎上去。本林和大云赶过去,小进就像只雄狮一样弓起身子,牙齿磨动着……卢达是亲眼见了这个场面的。他已经无法帮助本林和大云了。而在这之前,他是他们命运线上紧紧关联着的人物。遗憾的是,他没有送去帮助,却送去了毁灭。

他离开村子后,简直再不敢想象小草屋里的生活。

……一切都过去了。多少年来,当卢达遥想往事的时候,他始终不认为那中间掺杂了个人的恩怨。他信奉的人生哲学,决定了他要将自己的命运紧紧联系到为之献身的事业上。如果说当时由于他的赤诚而"完成"了自己,那么他同时却毁坏了别人,给别人留下了永远无法痊愈的创伤、一个悲凉残缺的人生。

卢达的眼睛润湿了。村落模糊了,小草屋模糊了。

他明白,仅仅感到内疚是不够的。他应该帮助本林一家，而就他目前的地位来看，他也许做得到。

## 十

"蓝蓝的天上白云飘，白云下面车儿跑……"

李本林这样唱道。

他和孙玉峰慢悠悠地蹬着车子，并不慌急。出师第一天，蓝天白云，空气清爽，一路上花香鸟语，本林想这真是好兆头。孙玉峰就在他的前头，他直眼瞅着那个鲜艳的太阳帽，就像航船在海里，驾船人常要瞅着灯塔一样。他想孙玉峰真算个乡间奇人了，敢于戴这样的太阳帽。他看到路上的人都向那顶帽子看去，心里不知怎么也跟着自豪起来。他相信紧紧相跟着老朋友，是不会有什么闪失的。他相信前边这个老朋友任何时候都是有办法的。想想看吧，跟场长吵架，拍拍裤子就回家，谁有这股子胆气？他敢回来，就必有道理……本林对孙玉峰的崇拜是根深蒂固的，这种崇拜大约要追溯到很早的时候。不是孙玉峰给他说情进村剧团的时候,还要早。准确点说,他第一次听到那浪声浪气的坠琴调子,就爱上这个人了。

生活中就是有这样奇怪的事情,一个人可以对另一个人崇拜,至死不渝,却又说不出为什么。

前面,终于可以看到山影了。那是青青的、浓重的一道影子。从芦青河入海口算起,到那个影子至少有一百多里路。这路有上坡,自然也有下坡。"骑车儿三桩乐,顺风、下坡、带老婆"——今天风小,可以不必计较;没有老婆(其实本林的大云粗壮高大,本林也未必带得动);但"下坡"这一条,他们却常常是占准了的!真畅快呀,两手只管扶正车把,高兴时两脚还可以搭到车大梁上,只觉得两耳生风,飞翔而去。本林在生活中,可极少有机会将身体献给这样的速度,所以他是在颤颤的惊骇中取得这快乐的。他问身后的小进:"嘿!舒服不?!"小进说:"舒服哩!"说着,两手抄到了本林的白衫下边。他很喜欢本林身上这滑润的肌肤,抚摸着,常常把脸也贴到姐夫宽宽的后背上……

公路即将入山了,弯曲也多起来。这条宽宽的沙土公路，两旁栽了茂盛的槐树。槐树上结了嫩嫩的小豆角儿，像一把把小镰刀。有什么鸟儿在树上鸣啭，用歌声送他们一程。沿路的庄稼长得都很好，刚收过麦子的庄稼人闲出手来了，开始在新一茬庄稼身上下功夫了：他们细细地耘土，用耘锄划掉麦茬儿；然后是间苗，间掉多余的、孱弱的苗子和草；再就是浇水，撒化肥。在这个晴朗的早晨里，人们大多在地里车水浇地。看水的姑娘穿了红的、绿的衣服，将描花的斗笠系在田埂的小树上。她们的头发都是润湿的，像水流一样滚着波浪，披散在圆圆的两肩上。她们各自浇着自家的地，也怪孤独吧，就哼起歌来，互相应和着。太阳升高时，她们就纷纷戴上斗笠，遮去了半个脸，那模样儿全凭人去推想。她们看着水，有时也惊叫起来：为一只从水中游出的大蛤蟆；为一条懒洋洋的蜥蜴；为一根不小心碰了它、惹得它喷起水雾来的蚯蚓……如果她们看到从跟前蹦过的大蚂蚱，就一声不吭地逮住它，掐根草梗串起来，别到斗笠边上——这可是美味呢。

　　孙玉峰的车速越来越慢了。他的眼睛老往路边上看，有时车子简直就要停下来。本林骑车子的技艺远远比不得孙玉峰，这样缓慢是要倒下的！他抱怨说：

"玉峰哥，这样慢，走不到南山啊！"

"就要入山了。"孙玉峰说着，眼睛并没有离开田野，"再说也不用慌急。做大事情的人没有慌急的。你得学会慢慢来。你以为做买卖就是为了赚钱哪？也为了出来散散心哩！整天憋屈在家里，耳不灵心不亮！……你看看，从西数第三个姑娘，那个俊气……啧啧！"

本林往路边看了看，见她们都一样戴着斗笠，真不明白孙玉峰是怎么看出她"俊气"来的……他想孙玉峰的话是对的，散散心再说！做买卖就为了赚钱么？看看这一路上的光景吧，不赚钱不也值得吗？想到这里，他越发钦佩孙玉峰了——这个人如何生得这样大的心胸、这样久远的眼光？怪不得人家出来收红麻也要背上坠琴，人家是大将气度哪！

入山了。

他们下了车子，喝了点水，吃了些干粮。但他们并未马上赶路。孙玉峰对本林和小进说："看到了吧？

山根下那些小趴趴屋，山里人都住这样的小屋。他们不比咱海边上的人，不比咱们仨，他们傻气！跟他们做买卖，用不了多少心眼。那些打草窝的、贩鱼的，都是到这里来赚钱的。山里人的钱好赚。到了村里面，可不要乱说乱动，得看我的眼色行事……"

本林点点头。三个人骑着车子，驶入山村街巷里了。

"收红麻来！"

孙玉峰首先放开沙哑的嗓子，喊叫起来。

本林和小进也像他那样呼喊着……街巷里并没有多少人，大概人们都到山上忙庄稼去了。他们这样呼喊了一会儿，只有很少几个老年人打开街门望了望，弄明白了是怎么一回事后，又呼的一声关了门。本林丧气地说："山里人更不好对付！"孙玉峰也喊累了，这时就找块大石头坐下来，拉起琴来。

本林一听见琴声又高兴了。他笑眯眯地瞅着震颤的琴弦，慢慢竟忘了是进山收麻来的，亮开嗓子唱起来。

过路的人停住了；老年人从院里走出来；正做活

的也从近处赶来了。不一会儿,他们三人竟给围了起来。孙玉峰的太阳帽儿推到了脑后,有些歪斜的眼睛向上翻着,看着琴钮儿和远处的一个屋顶。他拉着曲子,不断糅合进一些奇怪的过门儿——这使唱着的本林十分为难,他知道今天需要拿出真功夫了。本林这样想着,两手扯紧衣襟猛一用力,按扣儿啪啦啦打开了。他短胖的手掌拍打着圆圆的肚子,眼睛睁大,耳朵侧向琴弦。这果然增添了若干的机敏,无论孙玉峰的过门怎么花哨,他都能垫上词儿……人群里,终于有人叫好了。

本林唱到后来,竟能插空儿喊上几句"收红麻来!"

……

大雪飘飘,年除夕,(吕剧《借年》唱词,流行山东)

到俺岳父家里,

("收红麻——!")

借年去……

没过门的亲戚，难开口，

("收红麻——！")

为母亲哪顾得，

怕羞耻！……

("收红麻——！")

…………

## 十一

第一次进山，归来时孙玉峰的车后座上绑了三小捆儿红麻——虽然少一些，但毕竟有了收获。他们将此归功于坠琴与歌唱。

一路上，孙玉峰总用一个眼睛看着本林，一个眼睛看着小进。他说："我真服你了本林，你唱戏还记得收红麻。我不行，我拉琴就是拉琴……不过最好编个收麻的词儿唱，这样唱戏时心也专些。"

本林极为赞成。他想，我会很快编成的……

当晚，本林躺在炕上，午夜以前都是睁着眼睛的，终于编成了收红麻的词儿。

可是,第二天进山唱时,他刚刚开了头,孙玉峰就用长长的过门儿给他赶开。这使本林十分懊恼。这天他们是在一个新的村子里收红麻的,有好多的人围上听琴。一些上年纪的人一边听一边点头,说:"年轻人知道什么,光知道看电视——那其实是用电照出来的,不是真刀真枪。哪如实实在在瞅瞅唱戏文的?你看这个拉坠琴的吧,准是科班出身,老腔老调的……"他们说这话时声音很大(耳朵聋的人常是这样),满场里都听得见。本林见孙玉峰拉得更起劲了,知道是几个老头子的话将他激励成这样——孙玉峰又将鲜艳的太阳帽儿推到脑后了,歪斜的眼睛又向上翻起来,身子摇晃得空前严重!他的琴开始疯狂起来,两个硕大而坚硬的琴钮子像人的脑袋一样左右摇动,那黄铜琴筒常要莫名其妙地从膝盖上跳动起来——这不是拉琴的大忌吗?本林和孙玉峰合作也不是一天了,他深知这是出了毛病。毛病的根源追究起来当然在那几个老头子身上。他们怎么可以用这么大的声音夸奖别人呢?孙玉峰拉了多少年的琴，是有激情的人，拉到激动处，他自己就可以醉死在琴声里，又怎么禁得住年老的人再从旁夸赞呢？！……本林终于停止了歌唱，只是不安地直眼瞅着孙玉峰。

孙玉峰什么也看不见，两眼只是紧盯琴弦。他激动时就是这样。盯上半个小时左右，琴弦在他眼里变粗了，如两支橡子。接上，两根圆圆的粗橡爆开，分化成无数条粉红色的细线；这细线由曲变直，由软变硬，成了一片红色的挺拔无比的树林。一只苍老的大手在这林子里活动，每一株树都要拨动一下，每一次拨动都发出动人心魄的乐声来。大手拨动着，像从中寻找什么，又像在费力地攀援。它从红木的树根拨到树梢：树根发音尖锐激越；树梢发音遥远细碎。它于是频频地拨弄，到后来整个儿人都攀到了树上，在红木林里机敏如猴；那细细的、挺拔的红木树经不起一个人的重量，弯曲如弓，像要折断；但与此同时，攀上去的人一个弹跃，又落到另一棵上了……

本林见孙玉峰两只歪斜的眼睛最后凝到弦上了，知道事情严重了。他不知如何是好，急躁地两手摩擦着裤子。在他的记忆中，孙玉峰出现这种情况，也不过才一两次。他对孙玉峰眼下这个样子，也感到十分惊讶。他想，作为孙玉峰的一个好朋友，袖手旁观是不对的。但怎么帮他呢？喊他停住么？要知道一个人做什么事情入了迷，猛地一喊，那会惊出毛病来的……本林第一次懂得了什么叫"欲做不能，欲罢不忍"，尝到了为朋友使不上气力时的痛苦与焦灼，额角很快渗出了汗珠儿。焦急之中，他突然想出了一个简便易行的办法，就对着小进的耳朵咕哝了几句。小进马上钻出了人群。

"收红麻——"

孙玉峰的弓子在喊声里抖了一下，但眼睛并未离开琴弦。

"收红麻——"

孙玉峰像从一场酣睡中惊醒过来，猛地收住了弓子，脸上立刻流动起汗水来。他大口地喘息着，有些迷惑地看着本林。

本林索性迎着人群一声连一声地喊着："收红麻来！"

人们的目光全聚到本林身上了。

有几个老年人眯着眼睛看着，又交头接耳地说了一会儿，其中的一个突然用手一指本林，大声吼道：

"探子！"……

场上所有的老年人几乎同时把眼睛盯在了本林身上，那目光由困惑转为嬉笑，一会儿他们一齐大笑起来，前前后后仰动着身子。

孙玉峰一手提琴，一手抹汗，连连问着："怎么回事？怎么回事？"

本林慌乱地夺过他的琴，扯着他说："别问了，走，快走！"

三个人避开人群，快步走出了村子。

他们为了歇息一下，在路口的一棵大柳树下坐了……孙玉峰仍在询问："怎么回事呢？"

本林没有吱声。他用恨恨的目光盯着身后的村庄说："他们……认出我来了！"

孙玉峰愣怔怔地看着他，终于明白过来……

那还是很多年前，本林在村剧团做出的事情。当时人们都在找东西吃，千方百计抵挡着饥饿。本林为了饱肚子,求孙玉峰说情到村剧团来了——剧团出来串村演戏,可以吃饱,外村人总想方设法招待他们。本林到了剧团里,只能演兵丁、探子。他的主要作用是摆置布景、搬搬戏装等,要上场时只需扎块红布,简单得很。

但本林却演出了舞台上最好的"探子"!

他长得很矮、很胖,扎着红布从台角登场,就像个肉球一样滚动过来。他呐喊着,手执小旗,说一声:"报!……"舞台下立刻响起一片掌声;他单腿跪地,神情严峻而专注,使人容易联想到军情的危急——元帅说一声:"再探!"他利落地起身,踹腿,一扬小旗,应声而去,又像个肉球一样滚走了。掌声又响起来。人们在台子下赞扬着:"真好'探子'!"

他们如果看到本林卸了装怎样吃饭,一定会补说一句:"真好饭量!"本林一手攥一个窝窝,一手攥一个馍馍,左一口,右一口,头颅就这样摆动几下,两手里的东西就光了;他接上再攥起两个……

他们在一个村里连演十场,周围十几里地的村子都赶来观看。那个年代里,物质上的贫穷连同着精神上的饥饿，人们哪里是来看戏，简直是跑来大餐一场！剩下最后的一场演出了，山民们费了最大的力气，搞来了白面，晚饭让演员全部吃上了白面馍馍！"探子"上场时，人们都笑他那个大肚子，笑着看这个"肉球"滚过来……但这一次，当他起身、踮腿、一扬小旗子离去时，突然从身上滚出了几个馍馍！……

山民们终于明白了剧团的饭量为什么总是那么大！他们是饿着肚子来看戏的，这时睁圆了眼睛看着台上滚落的几个馍馍，又好气，又好笑，有些不能容忍了。人们在台下吼起来："探子！探子！……"

本林当时在台上呆住了，全身不停地抖动。"元帅"灵机一动，大喝一声："来人呀！"立刻应声上来几个手持银刀的兵丁。"元帅"手指本林怒喝："给我把这个偷馍的拖下去斩了！"兵丁蜂拥而上，拧起本林就走……

观众这才平息下来，戏继续演下去。本林当然并未被"斩"，但他已被永远开除出剧团了。一场戏下来，这个剧团带着偷馍的耻辱离开了山村……

人们会忘记那个"探子"吗？

…………

孙玉峰坐在柳树下,用手捧着头说:

"糟了,这一围遭的村子别想再收红麻了,他们都能认出你!"


## 十二

二次进山失利,挫去了三个人一些锐气。

孙玉峰一连几天没有领上本林和小进出门。他待在自己的小院里,胡乱忙一些事情。他很喜欢这个小院,芜杂的院落,在他看来就是富有的院落。他沿墙挖的那一溜儿洞,这会儿连自己也记不起是做什么用的了。还有那些野扫帚苗儿,生得多茂盛啊,他实在想不起是亲手种上的还是野生出来的;他只觉得可爱,有时揪几把嫩嫩的尖叶,让老婆做菜饼吃……本林领着小进到院里来玩,因为他们也没有别的去处。孙玉峰指点着小院跟他们说话,那神情,好像所有人都嫉妒过他这小院似的。他说:"看见那些兔窝了么？养鸡行，养兔也行；在海滩上抓住什么野物，放进去就是。梧桐树,最值钱的就是这梧桐树！本林你不知道，板胡——那些有名的歌儿就是它拉出来的——那是用梧桐做的！树下边和乱草里东西更值钱，藏了土鳖子，一个就卖一毛钱，你想想这院里能有多少土鳖子吧！……"

本林和小进神往地看着，终于忍不住用手到树下扒拉了几下，只扒出了一个毛毛虫。孙玉峰不高兴地说："不是季节！入蛰了！……"这时候他老婆芝芝也许听见院里热闹，从门口探头望着，被孙玉峰看见了，他大嚷道："探头探脑，和个女特务一样！待会儿还做不好机器，看我揪头就揍！"他老婆赶紧把头缩回去了。他又回头对本林和小进说："老婆是毛虫，不打不聪灵——这家伙当年恋着我的才貌（我那时可年轻！），赶也赶不走……"

本林一笑。全村里没有不知道孙玉峰待老婆好，也没有不知道他当年追老婆追了几百里的事情。本林问："造什么机器呀？"

"纺绳机！就把工厂安在这院里！"孙玉峰叉着

腰说。

本林看一眼小进，完全地惊呆了！孙玉峰的老婆会造机器！他拉上小进要到东院看机器，孙玉峰却拦住他说："明天起早就来安装机器，那会儿还看不见？……你本林好运气，和我合伙做事情，我让老婆准备了机器，你只等着发财便是……"

本林感激地看着孙玉峰。

"安上机器，接着试车！"孙玉峰对本林挥了挥手，"试车就是试机器，这个我知道你不懂。明天起早就干，你瞧有好戏了。"

"不过……红麻呢？"本林最不愿提红麻的事，但出于全盘的考虑，他还是提出了这个要害的问题。

孙玉峰沉吟半晌，说："先用那两小捆吧……以后，再说……"

本林怀着一点不安和巨大的兴奋，和小进走出了孙玉峰的小院。"哈哈哈哈！"他仰面高声大笑。路上有人看着他，他就冲人家更响亮地笑几声。

他一夜也没有睡好。

早晨，他首先听到的是北风吹过来的一阵琴声。

他慢慢穿着衣服,坐在炕沿上笑着。大云骂他,他听不见。他在想:孙玉峰啊,你这家伙早晨拉琴也是拉的安机器的事。开始弓子抖在粗弦上,吱嘎吱嘎的,那是把机器从东院拖出来了;以后又揉琴弦了,声音热闹闹的,准是机器转起来了!嘿嘿!拉琴也拉安机器!本林高兴地猛一捅衣袖,衣袖扯了道小口子。他想:不要紧,不要紧,安机器么,总要撕破了衣服啊,碰肿了腿啊,不要紧!

他匆匆吃了几口饭,就往孙玉峰那儿跑去。

孙玉峰吃过了饭,又接着拉琴。太阳升上树梢,他才放了琴,一拍膝盖:"安机器!"

两个人雄赳赳地向院门走去,他们要到东院拖机器去。可是刚走近门口,门一下子打开了,有个男人走了进来。两个人先是一愣,接着一齐呼喊出来:"卢书记!"

卢达对他们点点头,然后问孙玉峰:"老孙哪,你们要干什么去?"

"试机器!"孙玉峰脱口答道。

本林扭了一下孙玉峰的胳膊:"你!告诉他……

干什么？！"

卢达微笑着看着两个人急急地走出门口去，然后回身看这个小院子了⋯⋯

孙玉峰让本林在门外等着，他自己进去扛出了两个木头架子。这木头架子简单得很，只不过是用胳膊粗细的棍子绑起来的，横着的那一根还钻了三四个洞眼。本林问："机器呢？"孙玉峰用脚碰碰木架："这不是吗？"

本林顿时失了兴致。他用怀疑的目光端详着这两个木架，用指头笃笃地敲着⋯⋯孙玉峰说："快抬到厂房那边吧，愣着干什么！你以为什么机器都是铁的吗？你错了！能制造出产品来的就是机器！就是好家伙！你没听说'鲁班'这个大神仙吗？他造的机器哪个是铁的？⋯⋯"

孙玉峰这一番话，让本林立刻高兴起来。他再看那两个木架儿，觉得绑得真是奇巧；还有那横木上的三四个洞眼，那是容易钻的吗？⋯⋯他们将木架子抬到西院了。

卢达有些奇怪地看着，上前用手轻轻晃动了几下木架子，摇摇头。他见两人将搓成绺儿的红麻拴到架子上，这才明白过来。他说："用它纺绳吗？这样不行的。"

本林低头忙着，对孙玉峰说："你不用管他……"

卢达扳住木架儿推摇了几下，连连摇头说："不行的，你看，老孙，一晃就想散的样子，怎么能用？"

本林从地上跳起来，愤怒中带有一丝悲哀地叫着："卢书记！你别耽误我们试机器！乱摇乱晃，你这是破坏机器……"

卢达看看本林和孙玉峰，退后一步说："那你们试吧，一试就知道。"

他们拴好之后摇起横木来。开始麻绺儿松，还勉强摇得好，本林和孙玉峰激动得喊叫起来；可是摇了一会儿，架子就歪斜起来；到后来横木怎么也摇不动了。本林和孙玉峰这才停了手，呆呆地瞅着"机器"。孙玉峰说："不太行。不过也差不了多少。"

卢达问："有斧子、锯、铁丝、钉子吗？我会一点儿木匠活，我帮你们整治一下。"

孙玉峰看了看本林。本林建议："就让他修修吧……"

他们取来东西,在一边看着卢达做起来。卢达一边做活一边和他们说话。孙玉峰讲到怎样从农场回来的事,又骂起了"王八场长"……卢达劝他们多想想过生活的点子,不过不要太急,要力所能及,一点一点来。孙玉峰听着,点着头。本林冲孙玉峰嚷道:"老孙,小心这个人!可不能跟他讲机密的事情!"

卢达停了手里的活儿,看着本林说:"你有什么'机密的事情'?还不就是收麻、纺绳儿吗?你也太能夸张了!……"

本林和孙玉峰惊讶地对看了两眼,不吱声了。

卢达用了半个上午的时间,为他们做好了两个架子。他们试了一下,觉得真的能行了……三个人哈哈大笑起来,都很高兴。孙玉峰说:"想不到你还有这两下子,真看不出。"本林说:"这你还看不出吗?早年他就给我做过一个锅盖!"卢达赶紧解释说:"那可不是我做的,那是我代表社里买了送你的……"

玩了一会儿,孙玉峰突然郑重提出:"我们的机器是你修好的,你是我们的朋友了。我要拉一段坠琴给你听！"

他跑回厢房取琴时，本林对卢达说："卢书记啊，玉峰的琴可不是谁想听就听的！"说着，他与卢达握了握手。

## 十三

由于第一次进山收来的几小捆红麻很快用完了，他们又不得不硬着头皮进山去了。

然而这第三次进山，更增添了新的困难：要绕道远行，凡是早年本林登台演出过的村子，一概回避。

孙玉峰走累了歇息时，对本林说："你看看罢！要不是因为你，我们的工厂早就火火爆爆的了！这倒好，机器有了，原料又没有了！……"

这时候的本林一声不吭。他沉默了。他在想自己多么严重地拖累了老朋友，以及今后怎么去弥补……小进偎在本林身边，摆着石子玩，见本林很沉重的样子，就停住了。他从衣兜里掏出一块干粮递到本林嘴边，本林挡开了。

三个人推车上坡，骑车下坡，赶到村子里已经汗流满面了……在这陌生的村子里，他们能收到红麻吗？三个人先在村边的溪水里洗了脸，然后才踏上街巷呼喊。

像别的村子一样，这里的街上也没有多少闲人。他们喊了半天，只从一个老头子手里买到一小捆儿，而且很贵。最后，他们寻了一个宽绰的、有阴凉的地方，坐了下来。孙玉峰拉着琴，本林唱着，开始有点懒洋洋的——他们也真有点累了。后来慢慢围上了人，他们才不得不振作起精神；再后来彼此都进入了一种境界，不仅振作，而且激动了，使一场的观众都叫起好来。也像事先约定好了似的，正唱在激昂处，小进突然呼喊道：

"收红麻来——"

接着，孙玉峰换了个过门儿，本林毅然地扯开了小白衫上的按扣儿。他的眼神又尖又亮地盯住孙玉峰的琴弦，唱道：

（白）收红麻！
红麻本是脏东西，
沤在水里臭烘烘。
放在家里发酸气，
又招老鼠又生虫。
赶快卖给玉峰吧，
他能把红麻拧成绳！

绳子可是好东西，
庄稼人离绳哪能行？
卖猪用它绑猪脚，
余粮用它把口袋封……
快卖麻呀快卖麻，
拉琴的就是孙玉峰！
我叫本林来他叫小进，
是玉峰手下的两个兵！
……

本林唱自己编的歌，自然比平时多卖些力气；又因为所唱全是所做的事，唱起来也特别容易动感情。不仅是山民们听了激动起来，就连孙玉峰听到"我叫本林来他叫小进，是玉峰手下的两个兵"时，也感动得连连咳嗽起来。他一边拉琴一边望着自己这两个"兵"，一股自豪感油然而生……本林唱"我叫本林来"时，是用粗胖的手掌按在心窝上的，使人觉得他无比的忠诚可靠，把什么交给他都让人放心！

果然，在听过歌唱之后，就有好多人回家取来了红麻！虽然没有拿来太多的，但你一小捆他一小捆，竟也汇成了很可观的一堆。特别令人高兴的是，山民们在麻价上并未过多争执，这使收麻人省去了一些本钱。

三个人乐陶陶地将红麻捆上自行车后座，心上有说不出的轻松……太阳落山还要好久，他们推着麻在街巷里走着，有时也有意无意地喊几声"收红麻来"。出山以来的巨大收获使他们沉浸在喜悦之中了。好像一切都那么出人预料。他们转了一会儿，这才想起并未吃饭，于是赶紧找个地方坐下来，掏出干粮。

他们不慌不忙地吃着饭，轻松悠闲，还要插空儿议论几句自己的老婆。孙玉峰掂着白烙饼说："我那个老婆烙一手好饼。瞧这一包瓤儿吧，谁能数出有多少层？手艺都是管教出来的。有一回，她把饼烙成了死面疙瘩，我咳了一声，她吓得连烙十张，选一张最好的送给我吃——跟这张饼一样！……"本林崇拜孙玉峰，但只有关于"老婆"的问题不信服他。不过也不去反驳，而是接上讲他的大云："大云嘴碎，脾气也不好，可是在吃的方面对我一百成！她哪年里不炖两回鸡我吃？哪回汤里不放沙参？玉峰你不知道，沙参可是一味中药，味甘、苦，性微寒，养阴生津，止咳祛痰，大补啊！炖鸡就喜沙参！……"

谈着老婆，饭吃完了。孙玉峰咕哝着"找水去"，一个人沿着路边树阴走下去。

孙玉峰已经很久没有这样高兴、这样踌躇满志了。他展望着工厂之前景，又想起本林称自己和小进是"两个兵"，心想这词儿编得也真是贴切，自己不就算个大将，率领着兵丁去征讨，即将大获全胜了么？！……前边有个二十多岁的姑娘，就离他二三十步，他极想赶上去说点什么。正这样想着，那姑娘回了一下头，孙玉峰就看到了一张漂亮的脸庞。他的心跳了几下，两眼就一眨不眨地看那背影了。他这才发现她长了修长的身材，并且垂着一大束黑亮的头发！他立刻觉得她如果做个旦角，那是再好也没有的。他紧走几步，终于离那姑娘很近了。

一束黑亮的头发就在孙玉峰的眼前晃动，他不知怎么想到了那沤制好的、松软的红麻来了，于是脱口喊了一句：

"收红麻来！"

姑娘惊慌地瞥他一眼，拐进一个巷子里。

孙玉峰也痴痴迷迷地进了巷子，就冲着她那束黑亮的头发嚷："收红麻来！收红麻来！……"

姑娘跑动起来……迎着面来了个黑黑的山里汉子，他听姑娘嘀咕了几句，就小心地歪侧身子让过姑娘，然后着腰拦住了孙玉峰。

孙玉峰看看他，手有些颤抖。他很想从黑汉的身边钻过，但黑汉却把他挡住了。他小心地嚷了一句："收红麻来——"这已经比刚才喊得发涩多了。他的喊声还没有收尾，那个黑汉扬起巴掌，只一下就把他打倒在地，打落了鲜艳的太阳帽。孙玉峰一个滚身爬起，架起了拳头。谁知他的反抗惹起了对方更大的愤怒。那个黑汉跺了跺脚，接着用蒲扇般的大手捏到了孙玉峰的头上，用力一拧，使他整个儿旋了几圈，并且在旋转中用另一只手作成刀状，不断砍击他的肋骨。孙玉峰的头被刚刚捏住时，就从那手指的力度上知道自己远不是对手，于是开始号叫起来……

本林和小进正在等水，突然听到了吼叫声。他们终于听出是谁在吼，于是就像救火一般慌急地迎着声音跑去。

孙玉峰一个人倒在巷子里，四周并无一人。本林和小进托起他的头，连连呼唤着。

孙玉峰像永久地睡过去了。两个人不知呼唤了多长时间，他的眼睛才缓缓地睁开了一条缝……

## 十四

孙玉峰受伤，工厂自然陷于停顿。他们将收来的红麻暂且堆放起来，全力为孙玉峰医伤了。

因为天太热，李本林在西院的梧桐树下搭了个小床，把孙玉峰从厢房里背出来……小进、大云、孙玉峰的老婆芝芝，长时间地围拢着小床。芝芝握着一个芭蕉叶儿，频频地给男人扇动着。孙玉峰闭着眼睛，缓缓地喘气，浮肿的嘴角一动一动，显得有些可怕。有一次芝芝的芭蕉叶儿不小心碰着了孙玉峰的鼻子，孙玉峰就叫起来："本林！本林哪！什么时候了你还不亲自动手？"本林赶紧要过芭蕉叶儿，一下下扇起来……

大云和芝芝老要弄清孙玉峰受伤的原因。她们问小进，小进说不知道。

本林就回头对两个女人说："是让恶人打的。咱要开工厂，恶人也要开工厂。可是咱们有机器，恶人还没有机器。恶人心一急，就把玉峰打伤了……"

孙玉峰躺在那儿听着，这时睁开那双痛苦的眼睛，看着本林，看着所有的人。

两个女人吸了一口凉气……大云拍打着膝盖说："天底下真有这么坏的人哪！见了别人发财就眼气！他们单单就伤玉峰，这日子可怎么过呀……"

孙玉峰慢慢地呻吟起来……李本林十分焦虑,最后他把扇子交给小进,然后采草药去了。

他要采些整治外伤的药。

整整一天的时间,本林都在采药……夜晚,本林在孙玉峰的小院里架火熬药了……梧桐树遮去星光,院子里到处是黑的影子。大云和小进都不在,芝芝可能也被孙玉峰赶开了。院子里十分沉寂。本林故意将火燃得很旺,默不作声地听着柴草噼噼啪啪地燃烧。

孙玉峰在小床上费力地翻动着身子。本林走到了床前。孙玉峰不作声,只是握住了本林的手。

"这都怨我。如果不到那村里去,也许遇不上恶人……"本林说。

"主要是运气不好。"孙玉峰仰脸望着星星说道,"运气不好啊。你想想,头几趟进山差不多都是空手回的;做了机器,又不好使——这事情原来从开头就不顺利……怨不得你,也怨不得我,是运气不好……"

"运气"到底是个什么东西,本林不十分明白。他看着孙玉峰微眯着的眼睛,觉得那样子、那话语,都隐隐藏下了什么难以言传的意味……他"哦哦"了两声,又退回到火边去了。

本林捅着火,突然记起了一件事情,这时就说:"你知道吗玉峰?我采药时听人说,那些贩鱼的、种葡萄园的,真有人发财了……村东老锅腰,也快成'万元户'了!"

孙玉峰大声地咳起来。他咬着牙关说:"我这工厂是散不了摊子的。等我的机器开动起来,老锅腰又算得了什么?哼哼,那个王八场长如果知道我现在这模样,一准会笑。不过没等他笑出声来,我的机器就开动起来了。我已经有了原料!我就不信造不出产品!……"

本林也有些振作了。他提议说:

"明天就开动机器吧!做出一些产品,就运到龙口码头上去……"

孙玉峰赞同地点着头,打断他的话:"让大云和芝芝摇机器,你和小进最后成绳……"

本林不吱声了。他在想:虽然没有推举出厂长来,但如果需要有人当厂长的话,那么孙玉峰就是不容置疑的厂长了。想到这里,他对着小床轻轻地说道:

"你当厂长吧！"

孙玉峰没吱声。他像睡着了一样，均匀地呼吸着。

柴草燃得很旺，本林还是不时地扇两下子。小砂锅徐徐地吐着白气，整个小院里都弥漫起草药的气味。不一会儿，药熬好了。本林等它温凉一些，就端到了孙玉峰的床边上。

本林用嘴吹着药汤，说："'花木通''旱莲草'，专治跌打伤，凉血止血清肝热……"

孙玉峰两手把碗端正，然后一饮而尽。他攥住了本林的手腕，久久没有作声。

本林轻轻地挨着他坐下来，有些急促地呼吸着。他不知怎么，嘴角老要抖动，于是他用力将嘴唇抿成一条线，用眼角瞟着孙玉峰的脸。

"芝芝她们呢？"孙玉峰有气无力地问了一句。

"不……知道。也许……她们困了吧……"本林断断续续地回答着，连自己也不明白这嗓子今晚是怎么了。

"现在的人靠不住啊，老婆这东西也靠不住。你看我伤成这样，她夜里就不来守我……"孙玉峰长长地叹息一声说，"我这一辈子算起来，就交了你这么一个朋友……本林哪，你是个懂医的人，你对我要说实话。你说我什么时候能好？该死的黑汉！伤了我的元气……"

"几天就好。我包你好。"本林肯定地说。

"让我好了吧。我如果死了，好日子就留到身后去了。工厂会发财的，你记住这句话！谁跟我玉峰做事情，都没有失败的时候。也许咱们一辈子里最好的时候快来了……"

本林神往地仰起脸来，看着树隙里的星星。他喃喃地说："一辈子……"

本林很少想他这一辈子。他记住的只是当过医生、演过戏，记住的是那时候的神气和欢乐。不知怎么，这个夜晚他却突然想起了过去的一些倒霉事情，想到了他破木板做成的饭桌子，总摆着的那些糠团和野菜……他突然觉得，已经过去的半辈子太亏、太亏了！他用一只手握紧孙玉峰的手腕说：

"你快好了吧，我们开工厂！"

"工厂是要开的！"

"我们一准发财！"

"我们差不多已经发财了——不是收来那么多红麻吗？有原料就好说……"

孙玉峰的声音越来越有力量了，这使本林十分高兴。他摇动着孙玉峰的手说："我，还有小进，都是你的兵啊。你该明白：你是厂长。全村里再也没有第二个厂长！你还该明白：做大事情就有大磨难，麻烦多，说不定最后能发大财哩。黄连味苦，可是败火解毒的好东西！"

孙玉峰先是不作声，后来就不停地挥动着手掌。本林于是停了嘴巴。他问："怎么了？"

孙玉峰咳一声说："你刚才说这些，我全明白。"

## 十五

三天之后的一个夜晚，孙玉峰的小院里点了一盏四方玻璃罩的煤油灯。灯苗儿虽然拧得很大，还是照不透院里的黑夜。在小院的角落里，黑咕隆咚的树底下，都有人活动着，发出"吭吭"的喷气声。不知有什么夜栖的动物被惊起来，蹿上院墙往别处去了。梧桐树上的蝉被震落在煤油灯的光亮下，噗噗地抖着双翅。人们只是不作声，步子急促地来来去去。这是人们在搬弄麻捆儿、机器，工厂就要正式开工了。究竟为什么要在这个漆黑的夜晚开工，谁也闹不明白，就连孙玉峰也不明白。只是他喜欢夏天的夜晚，喜欢这个小院儿，傍黑时对身边的本林说一句"开工了"，也就干了起来。

两户人家的所有成员都到齐了，大云、小进、芝芝，还有芝芝的两个小孩子。开始他们笑嘻嘻地涌进院来，吆喝着："开工了！开工了！"大云因为实在高兴，还伸出小拇指，在本林的耳垂那儿轻轻按了一下……孙玉峰在床上厌烦地翻了个身，本林于是大声喝道："吵个什么！都给我闭上嘴巴！"大家也就默默地做起来。本来大云准备骂本林几句，但她想到孙玉峰身上的伤，也就闭上了嘴巴。

孙玉峰喜欢安静。他躺在床上，看到人们在黑影里奔忙着，有着说不出的快意。

本林和大家忙了一会儿，就一个人蹲到一边熬中药了。当柴草燃烧起来，火苗儿又把整个小院映成一片暗红色时，本林第一眼看到的就是孙玉峰又戴上了那顶鲜艳的太阳帽！他的心莫名其妙地颤了一下……他这样怔怔地看了一会儿，然后跑到了床边上。

"玉峰啊！嘿嘿嘿……"本林叫着，小心地将孙玉峰头上的帽子转动一下。

孙玉峰费力地欠起身来，问："麻绺儿抬完了么？"

"抬完了。"

"机器摆好了么？"

"摆好了。"

孙玉峰眯着眼睛望了望院里，伸出手比画着说："机器要东西方向摆——这样拧出的绳子长。是这样摆的么？我的头晕，也看不清。"

本林告诉他："是东西方向摆的。"

"哦哦，"孙玉峰点点头，"那么开机器吧。"

机器动起来了。

本林走过去，对大云小声说："……以后，什么都要听厂长孙玉峰的。"

大云笑着拍打一下手掌:"芝麻粒大的工厂也有厂长!"

芝芝停了手里的活儿,憎恨地看了一眼大云。

本林将食指和中指并在一起伸出来,狠狠地朝大云指了一下……

"天哩,我什么没见过……"大云说着,暗中也用手势威胁着本林……

机器吱扭扭地响着。

大云和芝芝站在两端摇着横木,小进领着两个小孩子搬运麻绺。横木磨着铁条儿,发出一种尖尖的声音。

暂时没人吵什么了。

本林叉着腰在转动的麻绺间走着,时不时低下头捏弄几下。他望望在两端摇横木的大云和芝芝,吆喝着:"东慢西快!"再不就说:"西快东慢!"有时他把小进也领进麻绺中间,指指点点地说:"小进哪,用心学,技术都在这上边了!……"

孙玉峰一直饶有兴趣地看着他的工厂。在他的记忆里，这处小院落从建成那天起，今夜是最红火的时候了。连他自己也不敢想象这个小院里竟会做起这么大的事情来。他回忆着他如何经营了这座小院，极力要回忆起何时栽了那几棵树，何时竖了那一排莫名其妙的桩子。他觉得自己真是个了不起的人，目光远大，能够期待，也能够忍耐。蜘蛛在树空间牵了网子，他不理睬；黄鼠狼跑进来做窝，他也不理睬；兔子窝塌了，葫芦架子朽了，他都是任其自然。他亲眼见树根下的青草钻出来，又随着秋末的来临，在他的琴声里枯死下去。他对这个小院有说不出的喜欢。他几乎不愿让任何人来院里分享他的欢乐。小院子可以说是一直荒废着，也可以说一直充满了生机。它在今天派上了这么重大的用场，绝非偶然。孙玉峰觉得好像出自什么天意似的，这小院荒凉了几十年，几十年什么也没有做，它原来在等待着开一个工厂啊！……想到这儿，他得意地笑了。

李本林看了看孙玉峰，就到院角的小厢房里取来了装着坠琴的黑布套，放在了孙玉峰的身边。

孙玉峰带着伤没法拉琴。可他还是将琴抽出来，抱在胸前抚弄着。他将拇指按到弦上，用力一拨，发出"嗡"的一声。他说："多少天没拉这东西了，我的手老痒老痒……"

本林深有感触地点着头。

孙玉峰想起了什么，脖子往上拧着，愣怔怔地说："那个人呢？"

"谁？"

"那个卢书记——好多天没见了。"

本林撇撇嘴："他不来也好。我很反对他。"

"我不反对他。他是个老实人，还帮我们做机器。"

本林不认识似的看着孙玉峰，惊呼着："哎呀！你还说他是'老实人'！他就差没把我吃了……开始我也把他当'老实人'，我还跟他叫'卢小达'……这小院可再也不能让他进来了。"

孙玉峰用手按了按头上的太阳帽，没有吱声。他这时瞅着坠琴，突然坐了起来。他指着那两根琴弦说："看看，像不像机器上的那两根麻绺儿！"

本林端详着，嘿嘿笑着："真像两根麻绺儿，真像架纺绳机呀……"

孙玉峰略显歪斜的眼睛盯在琴弦和琴钮上，然后伸出粗粗的食指来，在弦上使劲拨了一下……

大云正专心摇着横木，只听到"嗡"的一声，好像什么东西断掉了一样。正这样想着，手里的横木猛地一震：拴在铁条上的麻绺儿断掉了！她看了看对面的芝芝，见她并没发觉，正看着自己的男人摆弄琴呢。大云气恼地一掀机器站起来，大着嗓门喊道："天生没出息的东西，开机器也不忘瞅男人！这工厂要能开好，算我大云眼长到脚后跟、嘴长到后脑勺上了！……"

## 十六

这天早上，卢达要到龙口镇去看望一个朋友。当他骑着自行车路过河边村子时，在一个巷子口遇到了一群围拢着的人。人群中有人夸张地放尖了嗓子叫着，有人哈哈地大笑。卢达觉得奇怪，也就围了上去。

人太多，一时看不清里边的事情。这时，突然从中间抛出一根绳子来，有几个年青人攥住一端，嘻嘻笑着往外拖。绳子绷得很紧,可慢慢还是拖出来了:另一端竟缚在一个矮矮胖胖的人身上。他敞着衣怀,两脚硬硬地拄着地皮。人们一用力,他就往前蹦一下,骂年青人一句……卢达一眼就认出是李本林了!原来他身上斜挎了一大卷绳子,年青人跟他闹,揪出一根绳头就往外拖……李本林往前蹦着,当身体就要失去平衡的时候,他巧妙地抱住了眼前的一个人,然后得意地哈哈大笑起来。

他笑着,当凝神看了一眼他抱住的这个人时,立刻就惊住了。他嗫嚅着:"卢……书记……"他要撒手退去,卢达却将他给抱住了。卢达知道那些拖着本林往前蹦的人并无恶意,可他还是有一些激动。他就这样紧紧地抱着本林,两臂有些抖。

人们也都认出了卢达,于是慢慢就散去了。巷子口上,只剩下一个小进,一辆"永久"牌破自行车……卢达问了他们几句,很快就搞明白了。原来,本林今天要和小进到码头上送"样品"去。本林背着工厂的第一批产品,忍不住心里的激动,就在巷子里多兜了几个圈子。很快有一些人围住了他——不是本林,而是本林他们制造的绳子引起了村里人的好奇:这绳子倒是崭新的,略显得有些僵硬;由于红麻没有沤制好,绳子上满是黑色的硬壳;特别让人发笑的是一节粗一节细,有的地方不知怎么就突然地纠结成一个瘤子,看上去像一条吞食了鸡蛋的蛇……卢达的目光落在这绳子上,眉头不由得皱了一下。

本林耐心地将揪散的绳子顺理好,又像佩挂一条荣誉绶带一样斜挎在肩膀上了。他扯上小进,往卢达跟前走了一步,仰脸看着卢达笑了笑,然后伸出手说:

"对不起,卢书记,失陪了!……"

卢达的手刚刚动了一下,就被对方紧紧地握住了。本林用力地耸动着手掌,连连说:"失陪了!失陪了!"

他将三个字咬得很重,这终于使有些惶惑的卢达明白过来:他要上路了。卢达咀嚼着"失陪了"三个字,觉得十分可笑,但他还是没有笑出来。当本林的手掌刚刚松离时,卢达赶忙告诉:"我正好也要到龙口去,我们同路了。"

本林满腹狐疑地看着他,然后让小进坐到后座上，快快不快地跨上了车子……

卢达一直和他并行着。他想和本林说点什么，本林却总要把头扭到一边去。小进搂紧了姐夫的滚圆圆的腰，像睡得舒服的孩子那样，闭了眼睛将头贴靠在他的后背上……卢达看着小进，心头慢慢泛起一些酸楚。如果没有算错，那么小进今年该有三十岁了。猛地看去，这还完全是一张孩子的脸，可离近了看，你可以看到那一条条皱纹、一副没有光泽的面庞。你会觉得他有些早衰，不由得去想象他这样的年青人的生活……卢达极力把目光移开，移到本林身上的那卷可爱的绳子上。他问：

"本林同志，工厂开工好多天了吧？"

"……我听见狗咬，抬腿就跑……"本林哼起了奇奇怪怪的调子。

"本林……"卢达大着声音又叫了一句。

本林歪过头来，却伸出一根手指，指了指公路上一个拖沙耙子的老头儿，笑嘻嘻地说："这活路好哇！这活路多松闲，拖拖拉拉往前走就能挣钱，还有看不完的光景儿！嘻嘻……"

卢达不作声了。

又走出一截儿路,本林突然提出要到路边村子里找水喝,让卢达等他一会儿,然后将车子拐到一条小路上了……

卢达还等得回么?

本林刚将车子拐开,就偷偷地捂上嘴巴笑了。

他飞快地蹬起车子,穿过一个小村,沿一条小路往龙口镇去了……他心里终于轻松起来。他想这一段机智的脱险也值得回头跟玉峰叙说了!一想到病体痊愈的孙玉峰,本林就有说不出的高兴。

……

卢达开始还以为他会归来的。他一个人蹲在树阴下,看着本林羡慕过的养路老头儿拖着沙耙子一趟趟地从身边走过,一边耐心地等着本林。一个多小时过去了,他终于明白本林应是撇开他往龙口码头上去了。"他是故意甩开我的!"他这样自语着,慢慢跨上了车子。他一路都在琢磨着这种特别的狡猾,不住地苦笑。

到了龙口街,找过朋友之后,天已近午了。卢达

101

吃过了饭，然后就要往回走去。可他蹬着车子，竟不由自主地到了码头上——本林说过要到码头上去——这真是没有办法的事，在心灵的最深处也许埋藏了一双眼睛呢，它老要去注视本林的生活……卢达想到这儿，心里有些沉甸甸的，仿佛觉得这自行车也不愿往前赶路了。它早该上油了，那么沉、那么涩。

　　码头外面的人乱哄哄的，简直有些吓人。各种各样的个体户都在用自己的嗓门喊叫着；有的莫名其妙地竖起一杆高高的木杆，木杆的顶端再拴一块红布，仔细些看，才知道那红布上写了广告；做油炸果子的油锅永远沸着，卢达站在远处看去，心都是灼热的！到处可以看到这样的人：头颅用力地往前探去，再探去，好像要用嘴巴去衔住什么东西似的；他们在呼喊，呼出每一句话时，都要同时将三根手指捏紧，往前用颈儿一推……不知怎么，卢达在这让人晕头的呼叫声里变得忧郁起来，他真担心圆圆胖胖的本林会被这些人挤扁、踩倒！

　　他四处寻找本林和小进，都没有发现。当他要失望地离开时，才意外地看到了他们：他们坐在僻静的一个角落里，四只手握紧了那卷绳子，垂着头，沮丧极了……他走过去，站在了他们跟前。

本林并没看到他，自顾自地骂着："臭东西，这个死猫烂狗！这个蝎子尾巴！……"他骂着，猛抬头看到了卢达，就腾地一下站了起来："卢书记！"

卢达挨着他坐下来。

"这些商贩，没有一个好东西！"本林说。

"怎么呢？"

"哼！原来都是讲好了的，我们纺出绳子，他们收购装船，如今眼一翻就不算数了！"

卢达拿起绳子看着，没有说话。他知道这样的绳子哪个商贩也不会收购的。

"多好的绳子啊！纯麻的，拧得多紧……"本林用手抚摸着绳子说。

卢达终于忍不住了。他说："这绳子……是不错。不过还要在质量上……下下功夫……比如，让它粗细变得一样……"

本林惊愕地昂起头来。他愣愣地看了卢达半晌，说："质量还能再高吗？还能高到哪里去？！"说完，就深表怀疑地摇起头来。

卢达觉得没有什么可说的了。他只是久久地看着这些绳子。

本林却从卢达的眼神里看出了一些睥睨和烦躁。这使他立刻气愤起来。他想，人哪，就是这样的怪物：没亲身经历的东西，总说是不好，就像小孩子一样，自己生的才好。他卢小达没有亲手造这绳子，当然看不起的！他就不知道孙玉峰的威力，就不知道大云和芝芝怎样摇那横木：吱扭、吱扭……如果说绳子在粗细上还不够匀的话，那也只是怨玉峰的小院不平整，纺绳机往前活动时，老要一磕绊一磕绊的……

卢达这时想起了什么，就建议说："到海边卖卖看吧，拉网的人使绳子多，也许能推销一些……"

没等他的话落地，本林就兴奋地站起来。他连连夸"好主意"，扯上小进的手就走，也顾不得把卢达一个人撇在那儿了……

本林急急地赶路，往海边奔去。

他望得见蓝蓝的海水了，听得到沸腾的人声了。

他一看到那些身体晒成黑红色的人群，心里就有一种莫名其妙的畏惧感,他后悔没有领上卢达一块儿来。他对小进嘱咐道:"到了人群跟前,你来呼喊吧!"小进点了点头。

可是没等小进开口,人们就笑嘻嘻地围上来了。

一个海上老大问本林:"卖绳子来了吗?"

小进迎着老大耳根处喊了一句:"卖绳子来——!"

一伙儿人都笑了。人们一齐来捏弄这绳子,说:"真好手艺!本林哪,这得进口的机器才制得出吧……"

本林从他们的眼神里看出这是嘲笑。他对这帮人的眼神可是熟悉极了!他正思忖着用什么话来还击,人群中突然有人喊着:"本林,瞧我用这些绳子练个功夫你看!"说着站出来一个胖胖的青年,抓起绳子就往自己的胸脯上、腰上乱缠……人群嬉笑着往后退,一边嚷:"这小子会气功啊!"

大家退出一个圆圈儿看着。只见胖小伙子将绳子缠足三圈以后,就请人打了死结。然后,他握起拳头,满脸红涨,啊啊大叫,两臂一炸,三圈绳子在胸脯上"啪啪"断掉了!人群鼓起掌来,大笑着,推簇着胖小伙子走开了。

本林和小进呆呆地望着他们的背影。本林想：虽然糟蹋了一些绳子，但毕竟开了眼界！他还是第一遭看到这么有功夫的人哩！

这时有人拍了一下本林的肩膀。他回头一看，原来是海上老大。老大哈哈笑着说：

"还是回去提高质量吧，这个样子没人买的。再说如今海上大都用尼龙绳子了。你以为他真会气功吗？是你的绳子太糟了！……"

本林看看断掉的绳子，吸了一口凉气。

## 十七

孙玉峰又坐在梧桐树下拉他的坠琴了。他把鲜艳的太阳帽推到后脑勺上，低下头来。他拉琴入了迷，总要把头用力低下来，像要埋入两股之间。他要捕捉琴弦上的声音，还要捕捉弦外之音。每一支曲子都让他想起好多的往事。他想起这黄色的琴筒是怎样在他的腿上颠簸了这些年的，想着想着就感叹起来。他又把这些感叹糅进弦里去。他模模糊糊记起他走过好多地方：有一次坐船到桑岛上去演戏，半路上差点儿被淹死。如今梧桐树下活动着的这个生命，就是那一次捡来的。

拉琴，能使他忘掉眼前的事情。

眼前的事情太不愉快了。绳子卖不掉，大云和芝芝又老要吵架。一怒之下，他把机器和红麻都堆到了院子角落里，将所有的人都驱赶出这个小院！他说："工厂非整顿不可了！"

他整顿的办法就是不停地拉琴。

小院子又恢复了多年来的寂静和安谧，这使他十分欣慰。夜晚，他有时放了琴，安静地坐在树下享受着一片清凉，倾听着院里各个角落的声音。每一种声音都是那么亲切！有什么东西在草堆里拱动，发出沙沙的响声，肯定是那只胖胖的刺猬了；一阵哗啦啦的骚动，必定是那群老鼠无疑了，它们几天来被工厂搅弄得不知躲到哪儿了，如今归来了，多少也算一桩值得庆贺的事情；蝙蝠飞来飞去，各种小虫虫也都频繁地活动起来……这一切声音孙玉峰都喜欢听。这个小院里住了好多"家族"，这点儿只有他一个人清楚。他听着各种声音，无声地微笑了，笑得十分惬意……

他拉琴时，只有本林可以走进来。

本林只是在一旁默默地听着，不说话，也不歌唱。工厂正处于整顿时期，人人心情都不免有些沉重。他只是坐在孙玉峰身边的一个草墩上，看着那弓子在琴筒上拖来拖去，溅起一股股松香的白烟……他觉得孙玉峰在拉琴时要花费以往双倍的气力，他不知握弓子的这只手腕要承受多少痛苦：使劲勾着，筋脉暴起老高，整个儿显得苍白、僵硬，他想如果抚摸一下，一定会是冰凉的。它缓慢地、有些笨拙地来回活动着，像是负载了什么重压。是的，是负载了重压啊，这重压来自一个需要整顿的工厂。它又像被什么束缚着而不能舒展，只得这样扭曲着。是的，束缚它的就是那一节粗一节细的绳子了。

本林想，如今工厂的难处是不说自明了的，全村里的人没有一个会不知道！孙玉峰已经用这琴声告诉全村人了。瞧他的弓子一顿一顿，琴声也就一顿一顿，那不是告诉人们纺出的绳子一节粗一节细吗？弓子乱点戳，各种声音都从琴筒里挣挤出来，那不是告诉人们大云和芝芝在吵架吗？

"唉！"本林一想到大云，忍不住就叹息了一声。

孙玉峰也将弓子停住了。

这会儿他们都听到了隔壁里传来一阵大似一阵的争吵声，原来大云不知什么时候又来找芝芝了。孙玉峰和本林正要出门去，她两个人已经挣扎着往这边来了。孙玉峰威严地一指院门说：

"本林，快去上闩！"

本林箭一般冲向了门口……霎时没有了声音。不一会儿，大云怒喝起来："你这个'短粗胖'！你是守门狗吗？"

孙玉峰一听大云跟男人叫"短粗胖"，知道她是真的发怒了，禁不住转身去看：大云已经推开本林，弓着腰跑进院里，由于一只鞋子是拖在脚上的，所以跳起来一拐一拐的。她好像没有洗脸，那灰污再明显不过地挂在鼻子两侧。一撮头发咬在嘴里，这会儿为了说话方便，她用手把它抿到头上了。她喊着：

"孙玉峰,你可是当家的!我今天只问你一句话:我们合伙开工厂,我家是不是入了股金?"

孙玉峰歪斜的眼睛眨了眨,一只盯在大云脸上,一只盯在刚刚进门的芝芝脸上。他不解地问:"怎么咧?"

"怎么?!"大云的手往后一抢,"你那个贱老婆说是白养活了我们!为开工厂,本林买瓦片用的三百块钱都拿来了!再说,机器是芝芝一个人开动的吗?白养活我们?说这样丧良心的话,不怕遭雷打吗?……"

芝芝凑了上来:"雷专打你这样的!"

大云将拖拉在脚上的鞋子甩开,然后扑向了芝芝……她们紧紧地抱在一起,一时谁也解不开。她们在院子里滚动起来,当滚到孙玉峰跟前时,孙玉峰就顺势给了她们一脚,她们于是向别处滚去……

本林惊呆了。他恐惧地叫着:"玉峰!……"

孙玉峰两手叉腰,怒目圆睁。

本林说:"工厂真正需要整顿啊!"

"整顿个狗!"孙玉峰把鲜艳的太阳帽揉皱了握在手里,看着她们两人在地上厮打。

大云和芝芝又滚到了红麻堆上。滚动了一会儿,她们突然没有声息了,坐在麻堆上,一齐抹起了眼泪……孙玉峰和本林有些疑惑地对看了一眼,跑过去一看,立刻傻了眼了:

纺好的麻绺儿全被老鼠咬成一节一节的,已经没法用来做绳子了!多大的一堆麻绺啊,如今全被老鼠毁了!

四个人定定地站着,一声不吭。小院里静极了。

突然,孙玉峰把太阳帽一抛,弯腰搬起一个木架子(即机器),高举过头,恶狠狠地摔下来……木架子碎成了几块,芝芝大哭起来。

孙玉峰用手指着大云和芝芝:"给我滚出去!永远也别回来!工厂,不开了!……"

两个女人还在犹豫,孙玉峰又怒喝起来,她们终于哭着跑走了……

两个男人颓丧地坐在了潮湿的地上,一声不响地坐着。

几片树叶儿飘下来,落在了他们头上。他们一动不动地看着脚下的泥土,彼此都听得见呼呼的喘气声。停了一会儿，孙玉峰长叹一声说："工厂也就开到今天吧……"

梧桐树上的群蝉一齐鸣唱起来，那声音竟如此尖厉刺耳。它们叫得好欢畅、好热闹，本林真不明白在这个倒霉的夏日里，究竟还有什么令它们高兴的事情……两棵幼小一些的树木间，一个像橡子豆那么大的蜘蛛正伏在一张大网上；有一个小蚂蚱从地上弹起来，正好粘在网上；它于是挣扎起来。黑色的、僵死般的蜘蛛蠕动了。它伸开长腿，踩着网丝，颤颤地往前走了……本林看了孙玉峰一眼。

孙玉峰嘶哑着嗓子说："我说过，事情从一开头就不顺利。你想想吧本林，收红麻不顺利，跑了多少冤枉路；后来总算收到了，又遭了黑汉的暗算；再后来，制造的产品商贩不要了，连渔民也不要！这已经不是一般的不顺利了，这简直是捉弄人！……"

本林补充说："还有个不顺利的地方：机器刚造出来时，不能用……"

"这简直是捉弄人！"

"谁捉弄咱哩？"本林不太明白。

孙玉峰摇摇头："谁都捉弄咱！"

"咱们这回是发不了财啦！"本林终于失望地说。

"让那些龟孙子发去吧！那个'老锅腰'不是也快成了'万元户'了吗？让'老锅腰'不得好死！让海边上那些拉网的'贼大胆'都喝喝海水才好！咱们喝酒！……"孙玉峰从地上跑起来说道。

"他们，"本林指点着门外说，"那些发了财的，全都是奔资本主义去了，玉峰啊，他们都没安好心哪！"

"他们都是特务！让他们喝喝海水才好，我们喝酒！……"孙玉峰真像喝了酒一样，身子有些摇晃，步子踉跄着向院角的小厢房奔去。

本林转身的时候，清楚地看到了孙玉峰的眼角有一滴泪水。他的心里一抖，大喊道：

"玉峰！"

孙玉峰没有吱声，径直向着厢房奔去……

他真的从厢房提出一个酒瓶来。他向本林举起瓶子："咱们喝酒！"说着，先饮了一大口。

孙玉峰放下酒瓶就拉起琴来。他的头垂向两股间，一双眼睛又紧紧地闭上了。他只是不停地拉、拉……两个硕大的琴钮疯狂般地摇动着,黄铜琴筒又在膝盖上跳动起来。

本林拿酒瓶的手老要抖动,但他终于还是把瓶口塞到了嘴里。

## 十八

"哈哈哈……好酒啊!"本林满面红光,仰天大笑,从孙玉峰的小院里跨了出来。

他拍打着光亮的肚皮,觉得一身轻松,舒服极了!

门口有个人叫着他,他揉了好一会儿眼睛,才看出是小进。小进两手扳住他的胳膊哭起来:"我……我等你快一天了!她,她在家骂你、骂我,也不做饭……"

本林哈哈大笑,只是扯紧他的手往前走去。

他们没有回家,而是向着一个老地方,向着芦青河湾走去了……半路上小进说肚子饿，本林就和他卧倒在一片花生棵子里，扒了一些花生水仁儿吃。他们相视而笑了。本林用手抹一下小进的脑壳问："舒服不？"小进说："舒服！"他们嘻嘻笑着滚动起来，一片花生棵子都被他们压倒了……

他们重新扯着手向前走去。也只有在这条路上，两个人才那么兴奋、那么无忧无虑。仿佛他们一踏上这条路就立刻年轻起来。"你闻得见它那股味儿么？"本林问。"它"就是指芦青河湾，指那片平展展的水。小进笑了，鼻子上有一道可爱的横纹。他说："闻得见，这还闻不见吗？湿漉漉的，一股鲜味儿；还有，鸟的长嘴巴里叼了鱼，一甩一甩，在半空里闪亮儿，鱼的腥味儿我也闻得见……"

本林笑了。

"你看你看！"小进往前比画着——哦哦，他们来到河头了。

这就是那个有名的芦青河湾吗？不，这是一片蔚蓝色的湖，是个童话，是个明亮的光斑，是面闪着银光的镜子！

水鸟飞着,大叫着欢迎他们归来。近处的水草绿得像染过一般,所有浮在水面上的藻叶也被微微的水波荡散了。这水让人一看就觉得心胸开阔起来,什么惆怅、懊悔,霎时全都离去了!无有踪影了!……本林将衣服脱下来摇动着,高抬着膝盖往前走去。他觉得一连好多天没来这里,真是蠢极了。这全怨那个倒霉的工厂!工厂不干了,又可以随意来这片水里泡了,从这一点上来看,工厂完蛋了才好呢!这样想着时,他突然又看到了一群跳鱼,立刻指给小进说:"你看你看你看!"

小进说:"真多!"

本林脱掉所有衣服往水下走了。小进从后面用沙子扬了他一下。他钻进水里。后来他抬头向小进招一下手——小进往前一探脖子,他吐了小进一脸的河水!

满河湾的笑声。

本林醒酒了。水暖融融的,那么柔软,那么温顺!他仰躺在水波上,伸手往四周触摸着。水花躲躲闪闪地在身子边上旋动,咯咯地笑。他觉得这水很像小进小的时候:软软的小身体,皮肤又嫩又白,你伸手点触一下，胳肢他的腋窝，他就笑着往后缩，缩！本林眯上了眼睛，任这水波摇动他。他想象着身边围起十双八双小小的巴掌，推动着他，拍打着他。他就像个白胡子老爷爷那么安然。天底下哪里也没有这片水好啊！他跟这水的情感，是从童年、从很小很小的时候就开始培养的。他觉得生活中那么多坚硬的棱角，老要撞得人鼻子发酸，身子上一块块青紫的印痕；而这片水波却是柔和的，每当他疲乏了，碰得疼了，他就躺倒在这里，让那无数个看不见的手掌抚慰他的伤口。

什么事情都最好能总结一下经验。本林如今躺在水上，总结出的经验就是：什么时候背弃了芦青河湾，什么时候就要倒霉！早几年有一阵忙着造田（吃饭都要在田里），成年累月不来这河湾了，结果穷得没东西吃，差一点饿死！"武斗"那几年忙着四处去，忘了这片水，结果险些被渔叉扎死！最忘不了的是做医生那段时光，他高兴得迷了路，竟一次也没有走到这海边上来。后来的报应是再也清楚不过的了：他被逐出合作医疗站，小进被捉！再有就是眼前这次了，财迷了心窍，到处去奔跑，结局就是工厂倒闭，老婆大哭，买瓦片用的三百块钱无影无踪！……多么深刻的教训哪，这里面有泪水，也有鲜血。

本林咬了咬牙关：他今生再也不痴心妄想了！他再也不背弃这片河水了！他在今后的生活里，即便暂时离开了，也要快快回来。他要像童年那样在这里无忧无虑地嬉水，他要重新过一个童年——多么愉快的童年哪！童年，童年哪去了呢？他把童年遗失在了哪里呢？

"嘿嘿嘿！"小进欢笑着，手里握住了一条黄脊背的小鱼，向他炫耀着。

本林睁开了眼睛。眼睛里不知何时憋住了一汪泪水，这时一下子淌到河水里了……

淌过了泪水，两眼立刻清明好多。他望着岸上的绿草，一片片的芦苇。可是就在这时候，他发现了有一个人正拨开苇丛，急匆匆地赶过来——他的身影十分熟悉，他是卢达呀！本林的心不由得急促地跳动起来。他比以往任何时候都更加厌恶这个身影。他把脸转向了另一边。

卢达也在岸上脱了衣服，慢慢地游过来。

卢达挨近了，本林却扯上小进的手，用脚蹬着水移开一些。

"我到处找你，后来我想你会到这里来……"卢达尽量地游近他，说道。

"你倒让我清闲清闲吧！"

"打扰你了吗？"

"你饶了我吧！"

卢达苦笑着，没有吱声。

"你还是饶了我吧！"本林将两手按到耳朵上，在水里巧妙地滚动起来。

"我一直想跟你好好谈一谈……我肚子里装了好多的话。本林！我们能好好地唠一唠吗？"卢达站在水里，盯着本林的脸说。

"唠些什么？你是吃官饭摇官船的人，和我唠有什么好处！我这样的人，你又不是不知道……"

卢达没有说下去。他突然朝岸上点点头说："这儿不方便，没有烟抽，我们还是到岸上去吧。"

"你有好烟吗？那走吧！"本林往身上撩了几把

水,让小进一个人踩鱼玩,然后和卢达上岸去了。

他们躺在白白的沙子上吸烟卷了。卢达说:"我还是想和你一块儿谈谈过日子的事。你知道,过日子可需要好好合计一下。"

"一天一天往下挨吧!"本林用中指和食指夹住烟卷,心不在焉地说。

"解放三十多年了,你还住着小草屋,穿这么破的衣服!还能这样挨下去吗?我看了心里十分难受……你知道,我对你负有责任,我……对不起你……"卢达说着,转脸看了一眼水中的小进。

本林笑笑:"好不容易自由了,我到这里洗洗澡儿,可你老跟着我!我再见不到你才好!"

"我总想,我应该帮助你……"卢达坐了起来。

"帮助我?"

"我说过,我对你负有责任!像小进,毁了一生,也给你的日子带来说不清的难处。这使我一想起来就十分难过……你不知道,这是欠下的一笔债,我怕回忆这些往事……"卢达的声音低沉下来。

本林一直有些惊骇地听着这些话,这时坐起来,拍打了一下卢达的肩膀,哈哈笑着说:"好哇,嘿嘿,原来也没便宜了你。就让你难过去吧!小进常常变疯,我还住小草屋,你难过好了!想想当年吧,我和大云那么哀求你,求你开恩放了小进,你硬是不干!恶有恶报,善有善报,今天让你难受去吧!……"

"本林!……"卢达恳求地叫了一声。

"你呀,嘿嘿,到底是读书人,鬼精鬼精!"本林继续嚷着,"你倒是会算账的。你哪里是为了帮助我?你是为了自己还账的,你为了自己以后想起来不难过……嘿嘿,你鬼精鬼精!嘿嘿嘿……"

"本林!……"卢达嗓子颤颤地叫着。在对方的笑声里,他全身颤抖起来……他的头垂下去,久久地垂下去。住了好长时间,他才艰难地抬起头来,吃力地说:"为了还债也好,为了我自己也好,我还是要……帮助你,帮助你脱离眼前的困境!"

"你没那本事。"

"我想我会尽力做。我想让你尽力配合我……"

"怎么做吧?"本林又嬉笑着燃上一支烟。

卢达和他挨得近一些,说:"让我们先研究一下失败的原因吧，看看别人都是怎么做的，我们怎么去竞争……"

本林笑了："让我去奔资本主义吗？那好，能奔咱也奔！哈哈……"

卢达连忙摆手："不！不要以为研究竞争、商品，就一定是资本主义……"

"对，"本林挤挤眼，"咱就说'不是'……"

卢达皱了皱眉头，继续说下去："应该研究一下自己的优势，把自己的短处变成长处……比如做蒲窝吧，村子里还没有做的，原料又这么多，满河套子都是蒲草……"

本林警觉地站起来："你又想让我开工厂吗？"

"也不算什么工厂。原料不用花钱，不用本钱的事情……"卢达赶快解释说。

本林想，割蒲草天天可以来河湾里，这事倒可以考虑。不过做那么多卖给谁呢？他于是问："卖得动吗？"

卢达说："我就是为这个找你来的。镇上土产店要收购一部分蒲窝，我跟店里领导讲一下，让他们给你一些特别照顾……"

本林笑了。他紧紧攥住了卢达的手,抖动着说:"卢小达,你是个好人!你到底还是没有忘了我本林哪!"

## 十九

本林做起蒲窝来了。

大云每天可以做五六双蒲窝,又快又好。本林将她做的每一双都放到脚上套一套,赞不绝口。可是大云给草窝锁边拧沿时,最后那几下子总也做不利索,这需要本林亲自动手。小进负责打捆儿:五双一捆,五捆一包……一家人再也顾不得吵闹。本林在心里暗暗叫着:"成了!这到底不像开工厂那样不顺利,配合得多妙啊!"

做到第三天上,本林听到了一阵阵的琴声。

他一动不动地听着,最后一拍大腿说:"糟了!玉峰心里正为没有事情做难受呢,这从琴上听得出来。我们该和玉峰一块儿做蒲窝……"

大云说:"你就知道找那个斜眼子!买瓦片的三百块钱还不是白白送了!"

本林有些生气:"怎么能说这样的话!工厂散了仁义在,我什么时候也忘不了玉峰!"

他说完,就循着琴声跑走了……

这之后,他们两家都做蒲窝了。

第一批蒲窝送到镇上时,是本林和孙玉峰一块儿去的。他们进了土产店后院,立刻有一个二十多岁的姑娘迎上来。她笑吟吟的,说卢达跟他们店讲过,她负责收购这些蒲窝,你们一路辛苦了,等等。本林看看孙玉峰,自豪地抿起嘴角说:"谢谢!谢谢谢谢!"他的手很自然地在袖口那儿动了动,但他看对方无意握手,也就只好作罢。

这一次他们结算了五十多元钱。

他们板着脸走出门来,刚拐过一个墙角就互相盯着笑起来。本林小声呼喊着说:"了得!这真是桩好买卖……"孙玉峰说:"你看见她点钱了吧,点了好大一会儿!嘿嘿,她把小拇指甲留那么长!"

两个人到店里喝了一会儿酒,花去了十元钱。

第三天上他们又去送货了。这一次，孙玉峰出于高兴，特意背上了那把坠琴。姑娘见了他们说："怎么？这么快就来了吗？你们该攒多一些再来。"本林笑笑："不碍事，庄稼人工夫多哩。"

结账之后，他们还不愿马上离去。孙玉峰从黑布套里抽出坠琴说："姑娘，你见过这东西吗？"

姑娘点点头："在乐器店里见过。"

本林有些吃惊地看着她，小声在孙玉峰耳边咕哝道："她见过！"

孙玉峰又说："我来拉给你听听吧！"

姑娘点点头，但又补充说："不过时间不要长，正上班呢。"

本林高兴地看着孙玉峰调试琴弦，在一边对姑娘说："一般的人可听不到玉峰拉琴啊！……"

孙玉峰拉开了。他和以往任何一次不同的是（本林这样看），他一开弓子，就将左手放在琴杆的最高处，然后用手指频频地敲击那弦，一边敲击一边往下滑动；握弓子的右手急躁异常地来回拉动；更有趣的是，他的身子并不随意乱摆，而是小幅度地颤动……结果有别一种声音发出来,很像流水,并且是由远而近地流过来,越流越勇,越流越宽,水面上不住地爆开几个水泡儿,发出"啵啵"的响声。

"嘿嘿!"本林首先笑了。他笑的是老朋友孙玉峰永远有翻不完的新花样。不过他想到这一手从未在他眼前露过,也多少有些遗憾。他想,跟上玉峰做事情还有错么?增长不完的见识啊!

姑娘蹲在一边,两手捧着脸庞听着。

孙玉峰的头却越垂越低,越垂越低。本林知道那头颅如果再垂下去,拉上一两个小时是没有问题的……正这样想着,这时店里的经理将姑娘喊回去了!孙玉峰的弓子也顿时失了力气。他慢慢站立起来说:"经理这个人不好!"

回去的路上,孙玉峰捏弄着刚得到的十元钱,突然生出了新的智慧。他说:"本林!我们原来愚笨哩!我们才能编出多少蒲窝?还不如在村里收购来,收多了,我们再送给店里,一个赚它五毛钱,你算算吧!"

本林傻愣了好长时间。他算彻底佩服孙玉峰了。他不说话,只是看着孙玉峰的脑袋。他不明白老朋友为什么总是有那么多的智慧！他激动地扳住了玉峰的胳膊……

他们很快在孙玉峰的小院门口贴出一张红纸，上书本林那歪歪扭扭的四个大字：收购蒲窝。

果然有好多人送来了蒲窝。芝芝负责记账，大云负责检查质量。如果因为质量问题不收谁的蒲窝，谁就笑着递给一边的孙玉峰和本林一支烟卷，结果也就收下了他的蒲窝……小院里很快积了一大堆蒲窝了，最后，孙玉峰和本林找来一辆地排车拖上，往镇上走去了。

土产店的姑娘迎来了这么多的蒲窝，一时有些慌促。她说："你们编这么快吗？这……这太多了！"她要去喊经理，孙玉峰拦住她说："你就自己来看吧！你处理问题的水平，啧啧，很高哩！经理，哼，他能行吗？……"姑娘有些迷惑地瞟了他一眼，开始动手检查产品了。

她看到那么多不合格的蒲窝，终于不敢擅自决定了，跑去喊来了经理。

经理看了看，果断地说："一下子这么多，质量又不好，不能收，不能收……"

"卢书记……"本林嗫嚅道。

"谁讲也不能收的。以前已经是照顾了……"经理说。

孙玉峰一直盯着经理的脸。他对经理额头上那三道横纹尤其不能容忍。他想这个经理最好被按到脏水洼里灌灌才好。他就这样忍着气，听着。听了一会儿，他终于忍耐不住，霹雳一般问了句：

"你对贫农是什么态度？！"

经理看看姑娘，一瞬间愣住了。

本林可是听清了这句话。啊啊，多么有力量！多么解气！它好像一下子唤起了本林压抑了很久的那么一种情绪，一种说不清的情绪！他的脸庞很快涨红起来，无数的恼怒都涌到了喉头上。他喊道："你对贫农不买账，贫农也对你不买账！你去找那些发黑心财、奔资本主义的人吧！你算什么？你也站在这里跟我们说话了。我问你：什么是照顾？什么不是照顾？你觉得贫农就该受苦，吃糠，就该是让你照顾了？呸！整个江山都是我们的！我们还要你的照顾？！玉峰，走，把车拉回去——！"

所有的人都愣住了。吵闹声招来了那么多人，大家都对这个矮矮胖胖的农民感到惊讶！哦哦，多么大的火气啊……大家眼睁睁地看着他和孙玉峰把车掉过头去，雄赳赳地拉出了土产店的大门……

他们将车不歇气拉出了镇子。当他们停下歇息时，孙玉峰一直用眼瞅着热汗涔涔的本林。本林知道这是为他刚才那一番气势雄壮、绝不容对方回驳的宣讲而感到吃惊！是的，连本林自己也不明白为什么就突然爆发了那么大的才智与胆魄，他自己也感到吃惊啊！……

## 二十

他们自豪地将车子拉回了村里。

可是当他们冷静下来的时候，当那些草窝重新堆放在孙玉峰的小院里时，他们才渐渐觉出了事情的严重……为收购这些蒲窝，他们借了好多钱，如今怎么办呢？两个人一下子陷入了新的、空前的焦虑之中了。最后，经过合计，决定由本林再去找一下卢达……

卢达在见到沮丧的本林之前，已经从镇上的店里知道了一切。但他还是耐心地听完了本林的叙说。本林最后说："卢书记，你不知道，那个经理骂你有多么狠！"

卢达苦笑着点点头，毫无办法地将他送走了……

这时候正是黄昏天色。卢达将他送出村头，一个人久久地停留在暮色笼罩的原野上……他的步子沉重极了，几乎没有力气走回家去。晚风有些凉了，这提醒他该要进入秋天了。秋天是收获的季节，是播种之后的最末一次总结。多好的原野啊，旷阔，平整，一派葱茏的绿色。他在这片田野上耕耘过，还是正年轻的时候，他就开始为它洒落汗水了。他也开始收获了，他播下去的，他要收获。再苦涩的果子他也要收获，他知道哪个果子属于他。

在这几天之前，他似乎还满怀着希望。他希望离开这片原野的时候，看到一个和别人一样健康劳动着的本林。他努力去做了，为了本林，也为了自己。如果没有记错的话，他大约从未请求本林一家原谅过自己。他只是默默地去做，并未停留在一点自责和追悔上。他今夜感到十分痛楚的，是他终于明白了：他已经不能够帮助本林了！他明白了，这实在不是一个人的事情，实在不是几个月、几年能够做成的事情——这事情今天来做，也似乎是太晚了，太晚了！

本林会去拼搏、去竞争吗？他会有这种意愿吗？他会有这种力量吗？

卢达闭上了眼睛，痛苦地摇了摇头……

卢达漫无目的地向前走去。他望着那西方的晚霞暗淡下去，暗淡下去，逐渐变为一片橘黄，一片微紫，最后是铅样的沉淀。大地昏暗了，星星开始明晰。风在不知不觉中加大了，像是要安慰一下行人似的，它的手掌那么柔和地抚弄着卢达的头发……他蹲在了一条泛湿的小水道边上，用手折了一朵粉红色的小花。花梗上冒出乳样的汤汁，有一股辛辣的气味。他记起这是一种叫"苦柳子棵"的多年生草本植物，叶子用来烧水喝，可以提神明目清肝热——这正是李本林告诉他的。他还有一点儿中草药知识，全是办合作医疗时跟本林接触的结果……卢达在水道四周收集着这些粉红色的小花，最后竟凑成了一束漂亮的花球。他很自然地又想到了围绕办合作医疗那场风波，想到了他跟河边上这个最贫穷人家的多年交往……卢达蹲在水道边上，闻着这束小花的淡淡清香，头颅越来越低了。

卢达像好多人一样，出生在这片土地上，他对这片土地的忠诚是不掺假的。但当他把整个活的心灵交出去之后，芦青河最初孕育出的那个生命就开始蜕变了，死亡了！

卢达想到这儿，身子不由得震颤起来。他把心灵交到哪里了呢？交给了那个浑浑浊浊的年代了吗？……他真的变成了另一个人，这个人无知而残忍，曾经参与毁坏好多人的生活，破坏了一个个瑰丽多彩的人生！他永远也忘不了小进疯狂之后，两手伸进泥土里，全身的颤抖痉挛！……是的，无可辩驳，他变成了另一个人。

他是在一个春天里痛苦地、缓慢地苏醒的……他又成了芦青河的儿子了。他是决心将自己的心灵融合在这片泥土里了,和这些黑色的、散发着浓香的土末搅拌起来,结成一体,把心灵真正地交还给这片土地!……什么也别想再夺走他的心灵了。他完全知道他在做什么。就为了这一切,他才去找本林,去找芦青河,去找过去的生活,去经受蜕变的痛苦……

卢达在茫茫暮色里站起来,四处张望着。不知什么时候起雾了,一层薄薄的雾。他迈开大步往原野的深处走去。辽阔的河边平原哪,你的儿子生在这里,又回到了这里!他要重新完成他自己。当然,不仅仅是为了忏悔,为了反省,为了那不堪回首的记忆……一个愿望在心底升起,比以往任何时候都强烈:他毕业要回到这里来,回到这里来!而本林,还是要帮助他,帮助他——不能再眼睁睁地看着他贫穷下去了……要紧的是,眼下得先让他有个事情做!

卢达久久地站在暮色里。

## 二十一

本林去找了卢达,好像也并没有什么结果,那些蒲窝还是照旧堆放在孙玉峰的小院里。孙玉峰对本林说:"罢!还得我们自己串街去卖了,没别的法子,进南山吧!"

他们两个,加上小进,沿着收红麻的路,重新进了南山。

"卖蒲窝来!卖蒲窝来——!"

他们串街走巷,不停地呼喊。结果还是没有卖掉多少。焦急之中本林说:"玉峰,还是带来你的琴吧。那是好东西呀,收红麻时还不是亏了它!"

孙玉峰采纳了本林的意见,以后每次进山都背了那琴。奇怪的是,有琴相伴,三个人真的都乐观一些。孙玉峰拉起琴来可以忘掉一切,本林也在琴声里歌唱起来。当围看的人多了,本林就唱起了专为推销蒲窝而编成的歌词:

（白）卖蒲窝——！
蒲窝可是好东西，
冬天用它防寒气。
又耐踩巴又耐磨，
俺本林编的是上等货！
……
胶靴好看不好穿，
生了脚气多犯难。
哪如套个蒲草窝，
轻轻快快干工作！……

　　围看的人照例是笑，照例是鼓掌，可就是不愿买蒲窝。本林完全为了推销方便起见，几天来都是忍着热气穿着厚厚的蒲窝，在观众围成的平场上走着唱着。蒲窝在热天里穿出来，与单薄的夏衫相配，显得可笑极了。而本林走路极其轻快，两膝高抬，不断把软软大大的两团蒲窝提离地面，别有一种趣味……有一次人们笑得厉害，本林低头一看，才发现蒲窝不知什么时候裂开了一个大口子！……

做买卖的艰难，这一次他们是体味得特别深刻了。每天，他们都是拖着疲惫的身子，走在崎岖的山路上。山民们的房子大多建在高高低低的石场上，他们要攀上去，敲响那黑漆漆的门。孙玉峰每逢在路边树阴下躺了歇息，就再也不愿起来。本林有时甚至要用哀求的语气劝他起来。本林在任何时候也忘不了夸赞孙玉峰。当他一觉醒来后，本林说："玉峰啊，你不知道你打鼾有多么响。都是有大勇气的人才打这么响的鼾哩！嘿嘿，你睡得真快呀……咱们再往前走，好么？"

有一天早上，本林在家里等孙玉峰上山，却怎么也等不来了。他们已经歇息了好多天，原来讲好这一天上山的。本林有些焦急，于是跑去敲孙玉峰的院门了。

院门虚掩着，孙玉峰请他进去。

本林刚跨进门来，就深深地吃了一惊！这个小院变了！原来堆放在显著位置的那堆蒲窝已被胡乱推到了一个角落，取而代之的是四个带有小孔的木箱，正有小蜂子从小孔里嘤嘤地飞出来，飞遍了整个小院——原来孙玉峰养起了蜂子！

本林笑了！他好奇地蹲下看着，咕哝说："你养了这东西呀！"

孙玉峰笑眯眯地看着他说："'孙玉峰'不养蜂么？"

"好东西！好东西！"本林连连夸赞。当他一转身看到那堆蒲窝时，立即皱起眉头说："这个买卖怎么办？"

"怎么办都行。你和小进去做这买卖吧，我从今天退出来了！"孙玉峰说。

本林的脸色有些变。

孙玉峰继续说："朋友归朋友，买卖归买卖，我是再也不跟你合伙了。你这个人身上有晦气，我戴了这么好看的帽子都没有冲掉……"

本林这才注意到他又戴上那顶鲜艳的太阳帽了……他死死地盯住孙玉峰，颤着嗓子说："玉峰，莫是开玩笑吧？你真不要我了？"

"我可没有心思开玩笑。真的。"

本林像被什么击中了似的,一下子软在了蜂箱上。蜂子围着他旋转起来,他的眼里滚落出两颗大大的泪珠……

……

本林扯着小进,去卖那些蒲窝了。

他们攀在小路上,一齐张开喉咙呼喊,一粗一细的嗓音,一高一低的嗓音,像二重唱……这好像是个没有生意的季节,他们一连几天,才卖掉两双蒲窝!他们流了无数的汗水,他们讨了那么多茶喝。

有一天,小进去敲一个院门讨茶,出来了一个大约三十岁的抱孩子的妇女。小进的眼睛很快凝住了,嘴巴抖着,手里捧的水碗也跌在地上。瓷碗碎成几片,小进看也不看,他只是盯着那个妇女——她就是十几年前,小进被捉时,伏在窗外哭了一夜的那个姑娘!此刻她也认出了小进,惊讶地叫起来,紧紧地抱着孩子往后退开一步……

本林全都看在眼里。他扯住小进就走。小进挣扎着,喊叫着,最后还是无声地跟上姐夫走了……

他们迅速地离开了这个村子。可当他们拐过一个山坳时，回头看那村子，那村子羞羞怯怯地笼在一片薄雾里，又像在他们的脚下了！……本林扯一下小进，再往前走去。走了没有几步，突然小进抛了草窝，撕心裂肺地喊了一声，往身后的那片山野里跑去了……

本林拼命地追赶过去。

他紧盯着前面那个奔跑的影子，放开喉咙呼叫着他："小进！小进——！"

没有回应。小进变疯了，他又变疯了——本林明白过来，身上强烈地战栗了一下！他觉得两腿突然变软了，身子就要坍倒下来。他用力扳住了一块青石，大口地喘息起来……他已经在这山路上走得太久了，他已经奔波得太疲惫了。他完全应该再回到那闪着蓝光的、像湖水般轻轻荡漾着的芦青河湾，洗去这泥尘、这汗渍、这无穷尽的懊恼和焦灼！他几次下了这样的决心：他再也不离开这片河水了，他要依偎在它温柔的抚摸中。可是这始终不能。他要忙生活，有时要攀很高很高的山，要在山上呼喊，要卖这该死的、一点儿也不漂亮的蒲窝！……

不知在这青石上靠了多久，本林才勉强站立起来。他搓揉着眼睛去寻那个在山野上跳动奔跑的身影——左右前方、崖上崖下，全是漫起来的雾，没有那个小进了，没有任何的影踪了……

"小进——"

本林呼喊着，踉踉跄跄地往前奔去了……

## 二十二

卢达即将离开芦青河边了。假期将满，他很快就要回到省城了。在剩下的不多的时间里，他不停地奔波，要尽量为本林做些事情。他想得很多、很细，想本林做点什么才好、才得当。有些工作也许本林很愿意去做，只可惜他实在没有能力帮他的忙。

当卢达骑着自行车，在公路上急急来去的时候，常常要看到那些拉沙耙子的老年人。有一次他突然记起本林曾用羡慕的口气谈过拉沙耙子这个行当，心头不禁一动。这个工作倒不难做，拖耙子的人大都是从公路沿线一些村庄里雇来的年老体弱的人。拖一天耙子可得两元左右，虽辛苦一些，但收入尚可保障。对于本林来说，更重要的是这个工作无人来竞争！……卢达当即决定让本林做上这个事情！

正好他有个高中时候的同学在公路交通部门工作，卢达托他说合了一下，事情很快成了！卢达心里有些高兴，没有回家，就直接往河边村子奔来了，来告诉本林……

他来到村子时已近正午了。每个小屋的烟囱都冒起了炊烟。饭香弥漫在空气中，这使他觉得有些饥饿。本林的小草屋静静的，看到它，卢达的心中不禁蓦然一动……他激动地向前走去，走近了，才看到那两扇破损的板门是锁起来的。能到哪里去呢？卢达想了想，很自然地想到了那个古怪的小院，于是又奔去找孙玉峰了。

孙玉峰歪戴着鲜艳的太阳帽，阴阳怪气地迎接了他。他告诉卢达他已经不和本林合伙做买卖了，但朋友依然是朋友，虽然本林现在不怎么来了……卢达见本林不在，就要离去，可孙玉峰非让他小坐一会儿不可。他坐下来，看着一院子飞动的小蜜蜂。孙玉峰说：

"过去的全错了！"

卢达不解地看了看他。

"过去的全错了！"孙玉峰重复一遍刚才的话，有些得意地站在一边微笑着。

卢达琢磨着他的话，不知他指的是什么。这真有点像"谶语"。他不得不追问一句："你指什么？"

孙玉峰摇摇头："我在农场宣传队，又要做活又要拉琴，累死人不说，还要受王八场长的气！回来开工厂、卖蒲窝，也不是保险事情，说不定什么时候就吃了大亏。这不是全错了吗？"

卢达松了一口气。

孙玉峰眉飞色舞地讲他的蜜蜂了："这才是好东西哩！不用管不用问，你就是躺在床上养神，它们也忙着往家搬蜜！我另外还占个大便宜：科学的讲法，蜜蜂听了音乐多产蜜——我拉的坠琴不是音乐么？"孙玉峰说到这儿哈哈大笑了，将一只手搭在卢达的肩膀上说：

"卢书记啊，最合算的事，就是你躺在床上，已经有些什么忙着为你往家搬东西了！……"

卢达看着他,真不明白这个在关键时候抛弃了朋友的人,有什么值得本林始终如一崇拜的地方!他为本林感到一阵阵的悲哀……想到这儿,他再也坐不住了,站起来就要告辞。孙玉峰却用一支毛笔样的东西蘸了点什么,跑上几步说:

"蜂王浆!蜂王浆!……延年益寿的好东西啊!"

卢达要躲闪,可是孙玉峰快要抹进他的嘴里去了,于是他只好用舌尖抿了抿……他走出了这个小院。

在街上,他不停地打听着本林。

有人告诉他:本林和小进一块儿在南山卖蒲窝,小进在山里遇到了什么刺激,又犯老毛病了。本林和大云已经分头出去找了好几天了……

卢达觉得头颅"嗡"地响了一声!他急切切地问:"怎么了?怎么了?"

人家又给他重叙一遍。

小进,你这个迷途的羔羊!……卢达往村口上跑去了。他一直往前跑去……当他跑到路口上那棵老槐树下时，才慢慢止住了步子。他知道这样是找不到本林的。他坐在了老槐树下，他要等本林……

他仰脸看着这棵老槐树。他现在仍觉得它像个老人一样，在俯视下面这个村落的生活。什么它都清楚。它晓得人间的一切悲哀与不幸，一切的伤感与酸楚！可是它不言不语，不随便指责哪一个人。它宽厚而深沉，只用一双眼睛看着你，默默地等待着你的省悟、你的追悔、你的无情的自剖……

天要晚了，晚霞出现了。

晚霞如血。

南风来了，南风变大了。

南风起自南山。

卢达静静地坐在树下，如一尊雕塑。他望着这条被晚霞映红的路，目光像凝住一般……身后，隐隐约约传来了琴声，越来越大，越来越大，卢达禁不住转过脸去倾听着。他知道这是孙玉峰又在拉琴了……哦哦，这琴声那般凄凉，那般哀恸——孙玉峰大概此刻也知道了小进的事情了吧？

当卢达慢慢回过头来时，他再看那条暗红色的路,不由得怔住了——有一个人,正是本林!他独身一人踉踉跄跄地走过来了!

"本林——!"卢达站起来喊道。

他并未听见。他听见的是琴声。他痴痴地站在那儿,倾听着。

南风吹乱了他的头发。他听着,突然啪啦啦地扯开了衣怀,大声地唱起来,和着琴声,拖拖拉拉地往前走去……他一边唱一边呼喊自己的名字:"本林哪!"——

　　本林哪!
　　我听见狗咬,
　　拿腿就跑,
　　跑到了铺跟前,
　　铺就放倒!……
　　…………

三天过去了。

卢达终于要回省城学校了。

他想再看一次本林,和他话别。走到离村子不远的地方,迎面涌起一团烟尘,这烟尘滚动着,越来越近,渐渐看出是一个人在拖沙耙子。卢达刚要走过,烟尘中有人响亮地喊了一声:

"卢书记!"

原来拉耙子的正是本林!卢达刚伸出手来,就被对方紧紧地握住了……卢达问起小进的事,本林立刻低下头来。他说:"还没有找到……这已经不是第一次了。不过你给他登了报,又让公安局帮忙,我寻思总会找到。太让你费心了……"

卢达握着他的手,没有说话。他注意到对面这张脸,那么多细碎的皱纹!原来总不曾想到他这样老,大概是因为他有那样活泼的一个性格吧。卢达强忍住了什么,只用鼓励的语气说:"会找到的,会找到的……"

本林的全身都沾满了白色的尘粉。他回头看着身后的沙耙子说:"真好工作。拖着它走走路,一天就给两块钱!真好工作。我,还有大云,都不会忘你这块恩情的……"

恩情论"块",愈显出了分量!卢达的眼睛有些湿润了。

"我这个人说话,嘴巴不挂锁,有伤了你的地方,你大肚吧!"本林认真地、带有一点歉意地说。

卢达的嗓子有些不好受,他什么也没有再说……

他们在公路上站了好长时间,才分手。本林弓腰拉上沙耙子,一直往前走去了,渐渐地,烟尘重新掩去了他的身影……

卢达直眼看着那团烟尘。他在心里说:"我要尽快回到这里来,尽快!"

一切都晚了,又似乎还不晚。卢达比以往任何时候都有信心。信心才是最重要的啊。

一九八四年五月至七月于济南

附：

# 半岛文化的奇特

半岛文化的奇特，外边人也许并不十分了解，他们很容易用鲁文化去代替它。其实它是基本独立的一种文化。不了解这种文化，就不会理解东方文化中最神秘的那个部分。半岛文化中的"怪力乱神"并不是虚构出来的，而是一种现实。

一个人不可能只对一个方面注意和牵挂，而是会对生活中的许多方面做出反应。作家的过分专业化并不自然。我在写作方面是追求自然而然的，即真实地表达内心，内心里有感动，就会写出来。

所有的文学作品都必定有其地域性，这几乎没有什么例外。有的地域性弱一点，有的强一点。地域性不能强力追求，它应该是自然而然的。过分地追求所谓地域性，可能也是不自信的表现。一个半岛出生的人，自然具备了半岛血统，这些一定决定着他的音质及其他。

评论家是读者的一种，他们往往更明晰更理性。但他们毕竟做着不同的工作，各有其规律和重点。作家比起评论家来，往往像英国评论家伯琳所说，只是一只"刺猬"，这种动物只知道一件事；而评论家则是"狐狸"，它知道许多事。作家一般会安于做一只"刺猬"，"狐狸"做不了。

同时代的文学朋友给我很大启发，他们用出色的劳动鼓励和启发了我。经典对我的帮助很大。现代主义的作品我也喜欢，不过现代作家总愿意从没有神秘的地方弄出神秘来，这常常让人沮丧。鲁迅重读很多。现在写得少读得多，在阅读中寻求享受，能写就写一点。主要时间还是在半岛地区，平时比较忙，写作时间太少。

作为一个五十年代出生的作家,已经写了四十多年,足够苍老了。写作者有一个问题:一部作品写得越是让自己满意,越是拥有读者,超越自己也就越是困难。一部好的作品等于往自家门前摆放了一块很大的石头,摆了太多,再要出门就困难了,更不要说走远。这里是说不能重复原来的故事,不能重复原来的形象,甚至连语言都很难重复。一个作家要追求个人的语调,就像我们听音乐,要进入这部音乐作品,就要找到这个音乐家自己的"调性",一个作家找到自己的"调性"是不容易的,也就是所谓的形成了个人的语言。在个人语言这个总的"调性"里面,还要有起伏有变化,总是一个调子下去,就完不成新的作品了。

不讲人物塑造的困难,单讲寻找一个作品独有的语调,都是极其困难的。好的作品会有不变当中的变,这包括语言。"不变"可以作为作家长期养成的个人的总语调,但具体到一个作品,为了服从这个作品叙述的需要,还需要走入一种全新的语调,这就困难了。

文学是语言艺术，输掉语言，这个作品什么都不是。我们经常听人讲，说哪个作家写得很好，就是语言不好，粗糙。这是外行话。语言不好怎么会是一个好作品？输掉了语言，什么都不存在了，因为一切都是通过语言呈现的，一切都是通过语言抵达的，无尽的意味、神秘的造境，所有微妙的东西，都从最小的语言单位里开始实现。

我们经常讲文学阅读，现在往往被扭曲了，变成了一般化的文字阅读。将文学阅读混同于一般的文件报纸去翻阅，是进入不了的。要进入文学阅读，首先要进入一部作品和一个作家独有的语言调性。文学只有一个语言的门，没有任何其他的门。我觉得遇到的最大困难，就是找到一本书所独有的语言"调性"。这对我来说是一次挑战。

现在的数字时代，能够进入真正意义上的文学阅读，不像想象的那么简单。很多书大家都觉得特别好，看了以后被迷住，有的读者却觉得根本读不下去，后者的要害问题是没有文学阅读的能力。什么是文学阅读？文学阅读有一个最基本的条件，就是能够享受语言。看戏剧要享受唱腔，文学阅读则是享受语言。有多少读者在享受语言，就有多少文学读者。所以作家心目中装的是文学读者，希望他能够享受语言。相信任何一个有理想、有志向的写作者，一定是为能够享受语言的那一部分读者精心准备大餐的，只想让他们大快朵颐。

一个人生活在世界上，牵挂比较多，会把这些牵挂写出来。作家在这种回顾、总结、目击、抒发的人生状态里，也很有意义。人们常说作品之间要拉开距离，不断突破自己超越自己。其实不要讲超越，要想改变一点，不重复自己就很难了。在不断创作的时候，既要找到独特的语调，还要找到崭新的故事和人物。有时候这还不是最重要的，最重要的是找到自己新的感动。要找到新的感动，它有可能是某种思想，某种说不清的意境，或是某个特别有趣的形象。更多的是一个综合的吸引，觉得完全不同于过去的作品，不同于以往的感动。这个新作品值得花费全部的激情、集中所有的兴趣和时间去好好经营。

粗糙的作品，往往是作者凭借自己的写作惯性往前滑行的，那是无趣的。一个优秀的作家非常厌烦重复自己，而是要挑战新格局、新境界和新故事，找到崭新的特异的语言，这种工作才有幸福感和享受感。如果把写作想成一种高智力活动，那么挑战越有高度、越险峻、越陡峭，也就越刺激，个人得到的心灵回报也就越大，这就是享受了。

一个好的读者一定会投入，一个好的作者肯定也是。有人可能问，难道还有作家在写作时不投入吗？当然有。不投入不是因为他采取了现代主义的冷漠，故意要与文字保持那样的一种关系，以产生新异的美学特质。这里说的不投入不是指这个，而是个人生命品质里缺少把精力凝成一个点、像激光一样具有穿透力、把最真实最强烈的情感投射出去的那样一种能力，简单讲，不投入就是没有激情。何来激情？怎样和自己写的所有人物，无论是"好"的还是"坏"的人物，都深深地命运一共。一场写作就是漫长的歌哭相随，忍泪入心，攥紧双拳。比如《古船》中兄弟连续几万字的辩论，当时觉得就是自己投入了这场没有尽头、没有胜负的辩论。

有人会问，这样投入太不超脱，怎么保持理性？没有理性何以结构？何来思想？完全被情感牵着走，走入一片迷茫的情感森林，不是要迷路吗？不，强大的理性始终要伴随强大的感性，那洪水般的激情要有一个堤来保护，来固住，不让它没有边际地漫流：堤内感情的汹涌澎湃就是杰作产生的一个条件。

我以前说过，一个好作家有两颗心特别宝贵：一颗童心，一颗诗心。好的作家给人的突出感觉就是非常天真，全部的复杂都用在揣摩那些形而上的问题、一些复杂的思想问题、哲学问题、文学问题，在世俗层面上很是天真。作家希望拥有这两颗心，它们永远不要离去才好，不然就写不好纯洁的、天真烂漫的故事，也写不好复杂的钩心斗角。用一颗单纯的诗心来拥抱这个世界，才会对世界的不同角落看得特别真切和深刻。如果是非常复杂和阴暗的人，就会觉得一切都见怪不怪，它们对作家构不成击打，留不下什么痕迹。写儿童作品，与写《独药师》这样的作品需要的力量是一样的，需要的激情是一样的，需要的感情是一样的。总而言之，需要真挚的力量。如果作品失败了，许多时候是情感出了问题。

作家在穷困期、奋斗期，情感往往非常强烈。成名以后，再没有贫困潦倒、挣扎奋斗了，情感也不如过去了。情感是有力量的，这种力量是没有边际、深不见底的，它可以投射到很远，具有极大的穿透力。离开了情感的力量，其他种种的技法，什么阅历和才华，都失去了基础，终将变得廉价。情感不是为了创作而存在，而是一个真实的人需要存在的。

《你在高原》中写了许多流浪人，山里面、林子里面各种各样的人。我也有过一段不算太长的游荡生活，那个时候很孤独也很好奇，在一个好奇的年龄。我走过很多地方，见了一些稀奇古怪的人，比如山里的独居老人、流浪汉，还有爱好写作的人。个人的文学资源也来自那一段游历，它虽然时间不长，但给我写作的援助却是巨大的，后来的机关生活、城市生活都不能替代，很是宝贵。

我生于半岛，而且是"半岛上的半岛"：胶莱河以东地区。那里有漫长的海岸线，大小岛屿散布在远近海中，白雾缭绕。它与一般意义上的山东半岛是大不一样的，是齐文化的发源地，而不是鲁文化占主导的地方。齐文化是中国人比较陌生的，究竟会有多少人能够真正理解那里（半岛上的半岛）的文化，还是一个问题。特别在文学审美方面，一般来说还缺乏对于这个半岛特别而系统的诠释。这些可以是自觉的，也可以是不自觉的，比如我以前就是这样。现在是数字时代，全球化了，文化平均主义的趋向越来越严重，这对于艺术而言是一个大不幸。越来越多的人漂在艺术的浅层和表面，比如从受教育的程度上看普遍提高了，却有可能连最基本的文学阅读能力都不具备：在语言艺术面前麻木不仁、不辨好歹。文学的地域性是重要的，它在许多时候决定了艺术性，因为丧失了地域性的文学往往是浅薄的，没有了个性特征。

每年夏天对我来说都有一种很新鲜的感觉。我对四季总是很敏感。出生的那个地方，就是胶东半岛地区，它的四季非常鲜明，而且准确地划分成了四等份。后来到了济南生活，才发现这里的春天很短促，夏天热得可怕。我要用很大力气对付这里的夏天，虽然慢慢适应下来，但还是要在心里说一句：小心，夏天又来了！在夏天阅读和写作都是极有效率的，因为空调环境太奢侈了，有时忙了一场会想：夏天是这么容易过的？所以人就会努力工作一些。

中外的文学和思想著作我都学习，但仍不够深入。十九世纪和现代的著作家都是我阅读的对象，只要找到入迷的书，就觉得十分幸福。中国古代的一些人物，比如我曾经写到的一些，都是我深深入迷的。我以后还会写，与他们对话真是大不易和大幸福。我没有时间看网络上的文字，只想静一些。网络太吵了，被吵闹是人生最大的不幸。

说传统是现代的解药,一些历史人物具备了这样的力量和资源,往往也是很难说的。他们这些人都有悲剧因素,也都伟大。他们的人格也不是完美无缺的。他们的生命力,杰出的天赋,是最令人注目的部分。这些人物活得都不容易,他们在自己的时代里基本上不是胜利者,尤其从世俗的意义上说。不过他们的伟大性就寓于悲剧之中,这倒要我们现代人好好睁大了眼睛去看。他们遇到的所有大问题,我们今天差不多也都遇到了。他们其实并不遥远,千年百年不算什么,人类社会发生的变化可以说很大,也可以说很小。那些总是觉得时代日新月异、总是被新技术吓得目瞪口呆的人,大多数时候还是忽略了人性本身,显得短视和幼稚。

文学不能只想着"载道"和"改造",不能有这样强烈的功利主义。文学的意义远不止这一点。它改造社会和人性的方式也不是这样的。它是更复杂的呈现和包容,有一定的独立性格。当然总的说它是人类生存中积极的产物，要有益于世道人心。但杰出的文学并非总要改造和改变什么，总的来说它不是这么直接的。如果总是这样要求文学，那是不通的。小说只要写出来，就一定要呼应客观世界，但不一定是现实。它呼应的东西很复杂，而且这呼应许多时候不是有意为之。思考传统文化不完全为了救赎，就像文学不完全为了救赎一样。传统是可以给人快乐的，是可以欣赏的，是能够增加我们智慧的。传统不是解药，外国不是解药，但都能够综合地给予我们十分必要的营养。

文学作品中失去了大自然，这不是好的现象。数字时代的人被虚拟的东西缠住了，可能很不好。人能返回大自然当然好，但实在是太难了。十九世纪的时候人口少，星空和大地更加显赫，人对大自然的改造力显得微不足道，这一切都导致和增强了人对大自然的敬畏之心。那一切已经一去不复返了，今天只是期待着想象着，能返回一点点大自然都是很了不起的，能够这样做的人是极少数，他们可能都是大幸运儿：

从心智上看是如此,从个人生活条件上看也是如此。写作也不例外,能够让大自然融入作品中的人,一般来说要有一颗高高在上的飞翔之心。

如果一个写作者胡编乱造,就不如记录一些真实发生的事情更好。现在的虚构作品不是少了而是多了。胡编乱造已成风气,这是最坏的事情。虚构作品是极难的。应该鼓励写作者多记录真实的事情,让人有所启发和参照。胡编乱造的东西让人格外烦腻,越是有人生阅历的人越是不能看。写虚构作品,除非要有大把握大理由才可以动笔。而记录真实,一般来说只要诚实,说真话,文字生动通顺,会剪裁,也就可以。当然杰出的非虚构作品也很难产生。

我喜欢"小地方",不习惯吵闹。平时觉得有机会写出自己的心情已经很幸福了。写出好的文字,就有一份自我欣赏的快乐。人的责任是天生的,不必过分强调它,因为写作者不会没有。我是一个痴迷于诗的人,一直想写出好诗。阅读和写作是人生难得的幸福，业余做起来更好。我知道这个工作原本就是业余的性质。强大的专业能力与业余心情的结合，该是最好的。专业习气其实是一种小气。

我一直根据自己的兴趣，比如所谓的"创作冲动"写下去。文学写作的策略是最不足取的，要始终由心尽性才好。写到童年的心情和事迹，仿佛自己又回到了童年，这是很值得珍视的机会。我会时而回到童年，时而再回到青年或老年。将人生的不同境遇不同语境用想象的触角抚摸一遍，是正常的也是幸福的。

少年儿童作为生活的角色，在作品中也必不可少。作家把他们当成专门的角色就不好了，我不想这样对待他们。他们也生活在成人的世界里，与整个世界融为一体。有人认为童年和少年的世界是独立的，是与成人世界决然分开的，那是过于天真了。两个世界的区别当然有，但远不如想象的那么大。浑然一体地去理解儿童，可能会更准确更真实地理解他们。

我个人的经验与经历决定了文字的色彩和性质。

作家写作时也许并没有什么简单清晰的思想意图,而部分阅读者却太想寻找"主题思想"。文学作品其实并没有这样的思想,文学写作到了这样的年纪,早就从中学生的记叙文中解脱出来了。可能是小时候受过的教育根深蒂固,有的读者凡遇到文字作品,不管是什么体裁,一定要刨根问底找出它的"主题思想"在哪儿,评论者就尤其如此。其实并不是这么回事。一部文学作品一旦有了"主题思想"搁在那儿,肯定是完了。作家沉浸在自己的世界里,一直讲叙下去,心灵的性质也就自然而然地呈现出来了。

我爱好中国古典,读个不停。我读了有感触,就写出来。这不算什么深入的研究,可能永远都不会加入那些大研究之中。我觉得古代的人写出的文学经典,与今天的人许多时候是一样的:同样的心境和方法,同样的困难与欣乐。要找到二者的不同也是容易的,不过不如想象的那么多。古往今来,人生总有一些出色的慨叹、异样的认知、绝妙的记叙,就是这些丰富着我们无边无际的生活。我们今天的写作正在加入他们，不过是异常缓慢地进行着，时而有时而无，断断续续。

半岛的传统的确与其他地方差异很大。文化有板块，其他的板块相连成一大块，而半岛可能只是孤单的一小块：极特别的一小块，但色彩斑斓，魅力无限，足以将人迷住。我越是自觉地进入半岛文化，越是有一种惊异从心底产生出来。回头看个人所有的文字，竟然都没能脱离它的气息，这使我一阵阵惊讶。我过去完全是不自觉的写作，而今天才有点自觉。不过我有时还想回到那种不自觉中去，因为那样或许会更好。

烟台地区不是齐文化的辐射地，而是齐文化的腹地，是产生这个文化的本土。齐文化是由东夷地区滋生，并一点点扩展到西边：先是到了临淄，再后来到了黄河岸边。

我是受齐文化滋养的，受惠很多。我的写作却并没有过于自觉地表达这个文化，而是自然而然的一种呈现。我以前并不知道自己表达了齐文化，是后来才意识到的。一种文化会潜入人的血液，无时无刻不在起作用。

我长期在烟台地区生活，生于此地，当然熟悉她，爱她的一草一木。她需要更好地保护环境，一丝都不能放松。随着工业化进程加快，污染十分严重，这是让所有人都痛心的。好在人们已经意识到了这个问题。

一个职业写作者如果循着惯性写下去，仅凭笔底功夫写出很多东西，一定不会有什么价值的。一个作者看起来写了许多在水准线之上的作品，其实仍旧会是庸俗的文字生涯。我会警惕这样的生涯，因为说到底这还是一种厮混。生活像一条不断流去的水流，掬不起新的水流就不必弯腰。对一个写作者构不成挑战的书写，其实是缺少意义的。

我写了20部长篇，每一部都是全力以赴。简单地重复自己，将文字像摊饼一样越摊越大，是比较无聊的事情。好的作家宁肯少写，宁肯把长篇写成中篇，把中篇写成短篇。作品有一种浓缩感，这样更好。作者日后重读自己的这些文字，只会为凝固起来、浓缩一体的坚实感而欣慰，松一口气。反过来，当他面对一团松软的文字时，一定会觉得自己当年相当无聊。

那些书写得早，记得《古船》基本完成时不到三十岁。当时不过是运用了自己的青春，表达了青春里该有的一点纯洁和勇气而已，不过如此。奇怪的是当时这些书差点不能出版和发表，即便出版了也不能评奖，有段时间连参加一般的文学会议都成问题。现在看这不算什么。对于一个作家来说，真正意义上的挑战不是来自社会层面的，而常常是来自文学本身：和文学本身的挑战相比，其他的都差多了。

文学的挑战是多方面的，不仅仅是指题材的转移，思想与语言的跃进，还有其他更重要的。生命的坚守与顽韧，与机会主义的斗争，对艺术与诗意的完美执着，都是对人生一次次极大的考验。妨碍一生的文学因素多到不能再多，虚荣，投机，蒙骗，钻营，谋取荣誉，嫉妒与失衡，这些极坏又是极平常的品性都可能把一个好作家腐蚀一空，成个空壳。就作品来说，在人性的经验里要有真正的延伸和生长，这需要勇气。单纯的技法和写作难度当然也是挑战，但还远远不够。

迄今为止，我已经写了1700多万字。每部长篇都是用钢笔一个字一个字搭建出来的。我给自己定了一个规矩：一部长篇在心里埋藏少于15年是不能写的。就像酿酒，年头短了味儿不会醇厚。写了20部长篇，一个个15年加起来岂不要几百岁？是这样的，就跟播种一样，要在心里播下一些种子，等它们孕育和成熟，让它们在心里膨胀和萌发。有的种子死了，那也没有办法；有的种子萌发得很好，就可以长成一棵大树了。每一棵树至少需要15年的时间。

这是一种最好的工作，有最大的吸引力，放弃是不可能的。有障碍是好的，解决一个障碍就获得一份快感，也有攀越的感觉。

开始写《你在高原》的时候还很年轻，人凡年轻一些就敢做事。原来计划写十年，后来发现没那么简单，就15年、20年地写下去，最后写了22年。那也是一个开始了就不能放弃的工作。我们生存的这个地方有很漫长很复杂的历史，还有奇妙动人的现实，需要一部书去完整地记录、描述和展现。越是深入这个世界，越是觉得这个世界惊心动魄。《你在高原》从头到尾是饱满的，因为是在一种坚持、感动、追溯的状态下度过这22年的。书中的奥妙可真不少。

文学有广义和狭义之分。广义的文学也是很好的，但我选择了狭义的文学。这种写作离广义的文学越远越好。狭义的文学不能去接近广义的文学，否则必然引起品格的衰变。

现在文学的问题在于什么都想要，而且用了一个很好的词来形容自己——雅俗共赏。其实世上哪有那么好的事？雅的东西要赢得读者，需要经历时间的缓慢的教导和专家的不断诠释。比如《红楼梦》和鲁迅的作品，被经典化之后吸引很多人去读，但这并不意味着它们的阅读门槛降低了。要读懂鲁迅还是困难的，《红楼梦》还是在雅赏的范围内。

太追求雅俗共赏就会把文学搞坏。雅的就是雅的，俗的就是俗的。一碗汽油在屋子里放一晚上，就挥发光了，接着满屋子都是汽油味；一块黄油放上很长时间都不会消逝，因为它的抗挥发性强。这是不同的两种东西。狭义的文学在时间中抵抗挥发的能力更强。介于两者之间的东西是可疑的，是有问题的。

文学总的说应该为民众服务，狭义的文学恰恰更为了服务民众。民众是一个时间的概念，不仅仅是眼前的人多一点少一点，这不必太在意。14亿人中有10万人喜欢看一本书，就是服务民众了？那可不一定。10万人比14亿人，比例也还是太小。一本书出版时只有一万个人看，几十年或百年后还有人感动着，不能忘怀，积累起来有了上百万或更多的人看，谁更大众？要服务民众就要有责任感，这就是对时间负责。一般化的迎合大众，不是什么大事业。

不管叫狭义的文学还是叫纯文学、雅文学、严肃文学，从概念上看都不准确。它不过是文学的一个品种，就像美声唱法，是音乐的一个品种。不是说做这个品种有多光荣，而仅仅是有人选择了这个品种。广义的文学，包括通俗的、娱乐的文学，是另一种选择，它也可以做得很好，并不低人一等。有些广义的文学作者，其劳动是很让人敬重的。但不同的选择是存在的，也是允许的。不能让一个唱美声的人，一定要去唱个通俗小调，这不公平。反过来也是一样。

坚守纯洁度极有趣、极有魅力，是一种工作，与寂寞不寂寞基本上无关。几十年写一部书，这种工作能坚持下来，想想看必然有魅力、有趣味。旁观者没有进入这种工作，没有这种体味，认为是寂寞了。纯文学的探索是一种享受，探索、编织、结构，语言的匠心实现，这多有意思。但写作者确实不能浮躁，社会的浮躁对于写作者是好的，因为浮躁的社会，让人性的表达更充分，让社会万象以一种剧烈的、戏剧的方式表现出来，这对于写作者的观察和体验来说都是难得的机会。但写作者本人不能浮躁，他一浮躁就上当了，自己的劳动就废掉了。这好比一场风暴，风暴越大，风暴眼里就越平静。享受风暴眼中的安静就是艺术家的行为，他是思想者。如果跟上风暴旋转，就会被撕成碎片，哪里还能产生完整的艺术和思想？所以，一个艺术家、思想者，风暴眼就是他的居所，是他思想的空间和可能。

当然，我希望社会是有序的，人们的素质是好的，没有那么强烈的物质欲望，没有那么强烈的竞争意识，但人性决定了，物质欲望过强的社会不太可能是那样。写作者自己要安静。一杯茶、一本书是人生最大的幸福，再加上劳动，文学的劳动。这种劳动太奢侈了一点。

人们看文学作品，容易将影响取代文本。有影响的作品不一定就是好作品。一部作品能够产生影响，可能由很多机缘造成，比如时代的潮流、社会的口味。

现在的人势力得很，读什么要听风声、看势头。这都不是好读者。

读者的勇气和品质，表现在不受任何外在因素的影响和干扰。一部作品，得了什么奖赏都不要管，总统给作者作了揖也好，一千万个人捧读也好，都不要管。就直接面对文本好了，看看语言、思想与精神，看看写得到底好不好，看看有没有灵魂，看看这颗灵魂是不是真正让人心动或永志不忘。

人要尽力而为。现在的状况，不是凭谁的一己之力能够改变的。几千年积累的问题，也不是一天两天能够解决的。所谓形势比人强，形势就是潮流，个人力量微不足道。但是却不能因为个人力量的微不足道就放弃了。明知不可为而为之,这就是尽力而为。只要还在写作，还在做与写作相匹的工作，就要凭良知做下去。如果不这样去做，转而去做错误的事情，那怎么可以？

我觉得历史、社会等等，在最高的层面都不可以逾越道德。我所说的道德不是通常意义上的好与坏，而是带有终极意义的，如康德所说的"头上的星空和心中的道德律"。我相信"终极法则"的客观存在。人没能认识到它，不等于它就不存在。电脑世界是0和1的编码系统，也许宇宙中也有一些非常严密的、错一个码就全错了的力量。我思考、探索，用向往和接近它的心情去生活，有很多忧虑，也有一些欢乐。

我自认为是个随和的人，没有什么太突出的棱角。我不过是不愿人云亦云而已，这种坚持和自警在暗中保佑我，而不是损伤我，如果我要写作的话。

我提防在潮流中走向模仿和依从，提防自己失去原则性。因为人都是软弱的。我希望自己能做自立和自为的写作者，进行独自创作并排除外界干扰。我希望自己成为一个冷静和安静的人，这样的人会有一点原则和勇气。潮流来了，先要站住。有原则的人才能谦虚，而不是相反。要写作，就必须永远警惕那些"精明"之念。

我不太看时新的流行文字，不太注意时代潮流。语言在每个时期都是有自己的"时代语调"的，这种语调作家应该躲开。这对我一般来说不是一个问题，因为我是一个自言自语、自给自足的写作者，无论语言好还是不好，大致还是自己的说话方式。

写作者用各种方法去讲故事、道出心中的意趣及其他，不然就会单调老旧。从已有的书上学习是一种办法，但主要的办法还是依赖地方气质，顺从他立足的那块小地方的地气。

作家看上去孤独，这样的作家是好的。但他自己不应该觉得孤独，那样就不妙了。人的感动是各种各样的，适合自己表达的方式（体裁）也是各种各样的。如果只用一种方式表达自己，那可能是很不自然的。

总是要经过多年积累才能动笔，如果是长一些的作品，最好要有十几年的准备时间。把一些想法记下来，把一些材料搜集到。总之，对写作一部作品有用的东西都要留意，好好准备，就像一场战斗之前的弹药贮备和挖掘工事一样。

我的写作量不多。用来写作的时间也不多,这需要有创作冲动的时候才行。平时的杂事很多,写作这种事大致来说还是业余的。我可以更勤奋一些。田间劳动做得少了,这是我人生的大失误。

坚持追求真理,不妥协,劳动和工作下去,这就应该是日常的事情。除了写作,人还有许多事情要做。我认为写作应该是业余的,一个人当了所谓的"专业作家",更要保持业余的心情。最好在社会上找一份工作干,有了创作的冲动再动笔。

作家有自己无法言说的个人的意象空间,但这不能说是什么"秘境"。这时候的表达才是充分个人化的。

写作中会遇到各种困难,这是自然而然的事情。

读书是一种享受,读书也不完全是为了使用。作家只有书读得太少的问题,哪里会有读得太多的苦恼。写小说的人读书少了,就会写出很多垃圾。

尽可能踏实地往前走,做好自己的事情,这就很不错了。把认真的劳动化为日常状态,朴素度日,不必贪图太多的回报，这才有些快乐。从工作中获得快乐是很重要的。

我在"文革"时期的写作也是当时那样的气息。不过，我读的书不光是那时候的，所以作品还是多少有点异样。总的看，很幼稚也很单纯，有难得的青生气。

早年读的有一部分是比较特别的革命作品，比如苏俄的书。不过与现在的大量文字混在一起，也成了极有色彩的组合，丰富着自己的阅读记忆。那时的作品或者有点简单，但也有另一种精气神，不像现在这么多垃圾：流氓的呓语。

（2016年4—8月，文学访谈辑录）